闘資《とうし》

浜口倫太郎

双葉社

闘資

闘資　目次

第一章　広島　5
第二章　東京　39
第三章　ベンチャーキャピタリスト　81

第四章　起業　153
第五章　怪物　219
第六章　兄弟　263
エピローグ　307

装幀　　bookwall
レタッチ　　株式会社TENT（久保千夏）
カバー写真　gettyimages/Adobe Stock

第一章　広島

1

「面！」

関大輔《せきだいすけ》の声が道場に響き渡った。その直後に、竹刀《しない》が相手の面を打つ音と感触が同時に起こる。

会心の一撃だ。

「一本」と神崎龍之介《かんざきりゅうのすけ》が凜《りん》とした声を発すると、おおっと剣道部の部員が感嘆の声を上げる。

他の人間から見ても、今の技のキレは見事だったのだろう。

対戦相手と礼をすると、大輔は面を取り息を整えた。さっきの一本の感触がまだ手に残り、快感が胸を這《は》いずり回る。この余韻を楽しむのも剣道の醍醐味《だいごみ》だ。

神崎が声をかけてきた。

「ええ調子やのお。これならインターハイが楽しみじゃ」

短く刈り込んだ白髪頭で、顔中にしわが刻まれている。といっても老けた印象はない。その表情と挙動に一分の隙もないからだ。昔の剣豪と呼ばれる人は、きっと神崎みたいな人間だろうとてのネ師だ。


大輔は思っている。

神崎はここ広島の熊野《くまの》で剣道場を開いていて、大輔は子供の頃から通っていた。今でもその道場はあるが、神崎は週に一度ほど、この高校の剣道部でも特別に教えてくれている。大輔にとっての恩師だ。


部活を終えて校舎の廊下を歩く。パソコン部の部室から「バグ見つからん！」と耳なれた声が鼓膜を震わせた。

教室の中を覗《のぞ》くと、パソコンの前で三登千奈美《みとちなみ》が苛立《いらだ》っている。髪の毛を茶色に染めて吊り目気味なので、猫が怒っているようにしか見えない。

隣の席で、高橋修一《たかはししゅういち》がため息をついた。まただと眼鏡の奥の目が呆《あき》れ返っている。線が細く色白だがひ弱な印象はない。その胸の中には熱い魂があることを大輔はよく知っている。

二人は、小学校からの幼なじみだった。

修一が大輔に気づいた。

「大輔、部活終わったんか？」

「終わった」

大輔が教室に入ると、千奈美が無造作に頭を掻《か》いて、声をかけてきた。

「剣道の方は調子どうじゃ？」

「ええ感じじゃ。今年は全国に行けるかもしれん」

「そらええ。うちらも応援行っちゃるけん」

「いつもはたいぎい言うて千奈美は行かんやないか」

修一が口を挟む。たいぎいとは面倒くさいという意味の広島弁だ。

千奈美がしみじみと言う。

「うちら高校三年やからな。大輔もこれが最後じゃけぇ」

その感慨深そうな声に、大輔は胸が熱くなった。大輔、修一、千奈美は共に来年高校を卒業する。毎日こんな風に会話ができるのもあと少しだ。

「千奈美は進路どうするんじゃ？」

大輔が尋ねると、千奈美が鼻を鳴らした。

「もちろん東京の大学に決まっとるじゃろ。こんな田舎、うちには合わん。生粋《きっすい》の都会っ子じゃきぃ」

千奈美は外見とは違って成績がいい。特にプログラミングの技術に秀でていて、全国区のプログラミングコンテストで入賞するほどの腕前だ。

「そんなどぎつい広島弁の都会っ子がおるか」

失笑する修一に、「そんなきつないじゃろ」と千奈美が不機嫌そうに眉を寄せる。

「熊野にはええ男がおらんけぇ、東京でイケメンの彼氏見つけたるんじゃ」

大輔は苦笑し、修一に顔を向ける。

「修一は東大か」

修一は小学校の頃から優秀だった。この高校は進学校でもなんでもなく、いたって平凡な地方の公立校だが、修一の学力はずば抜けていた。学校はじまって以来の東大合格者が生まれるか、と教師たちが色めき立っている。さらに、学力だけでなく性格も良い。偉《えら》ぶらずにいつも周囲を気にかける。まさに優等生だった。

「いや、ちょっと違う大学にしよう思うちょる」

「なんでや？」

「研究したいことができてな。他の大学にええ教授がおるんじゃ」

「もしかして植物の研究か？」

修一は子供の頃から虫めがねを持ち歩き、公園の花や葉っぱを観察していた。

「そうやないけぇ。俺は虫めがねでいろんなもんを見るんが好きなだけじゃ」

「そんなもん何がおもろいんや」

千奈美が鼻で笑うと、修一が冷静に応じる。

「なんの変哲もない世界も虫めがねを通すと別世界に見えるやろ。それがおもろいんや。おまえみたいながさつな女にはわからんけぇ」

「誰ががさつや」

目を吊り上げる千奈美を無視し、修一が訊いた。

「大輔は就職か」

「そやな」

声と表情を沈ませないように、細心の注意を払って応じる。大輔は、広島に本社のある自動車メーカーに就職する予定だ。自動車になんの興味もないが、そこならば安定した給料をもらえる。

千奈美が遠慮がちに言う。

「大学進学、なんとかならんのか？　大輔の成績でもったいないじゃろ」

長い間言いたかったことが口をついて出てきた――。そんな表情と声色だった。

修一、千奈美、そして大輔は、学年のトップスリーだ。子供の頃から修一と一緒にいたので、大輔も修一に引っぱられるように学力が向上した。

「おい、千奈美。もうええじゃろ」

間髪を入れずにたしなめる修一に、「……じゃけど」と千奈美が腑《ふ》に落ちないかのように表情を曇らせる。

大輔が大学に進学しない理由はただ一点だ。

お金がないからだ――。

大輔の父親は熊野筆の工場を営んでいた。熊野筆とは、広島県熊野町名産の筆だ。大輔の父は腕のある職人で、細々とながらもどうにか経営はできていた。

ところが、大輔が小学生の頃に事件が起きた。父親は同じ熊野筆の職人と組み、化粧筆の分野に進出をした。熊野筆をメイク道具に流用して成功した会社があらわれ、それに触発されたのだ。

父親は苦心して化粧筆の開発に成功した。他社とも十分に渡り合える品質だった。

借金をして工場を新設し、人も雇った。取引先も見つけた。さあこれからと言うときに、なんと共同経営者の職人が金を持って逃げたのだ。父親は経理関係すべてを彼に任せていた。大輔から見ても、父親はお人好《ひとよ》しそのものだった。

その負債すべてが父親にのしかかり、工場は潰《つぶ》れた。後々判明したのだが、逃げた男は筋の悪い人間たちからも金を借りていた。

家族に迷惑をかけたくないと、父親は人知れず熊野を去った。そして音信不通になった。連絡を取れば、借金取りに捕まるからだ。

それ以来、大輔の暮らしは悲惨そのものだった。金がかかる選択肢は、大輔の人生からすべて切り捨てられた。

水泳とピアノなどの習いごとも辞めた。どれも得意で、大会や発表会で入賞するほどだった。

「どうして辞めるんや？　もったいないけぇ辞めんさいや」と他の子供たちに問われたとき、大輔は唇が震えてうまく答えられなかった。

お金がないけぇ……その言葉を口にした瞬間、自分は大泣きするだろう。幼心にそれがわかっていたからだ。

唯一剣道だけは続けることができた。「お金はええ」と神崎が言ってくれたのだ。その一言が、惨めさの海で溺れる大輔を救ってくれた。

そしてお金がかかる最たるものと言えば、大学の授業料だ。母親の給料だけで賄《まかな》えるわけがない。早く母親の力になるためにも、高校を卒業したら働く以外の道はない。

千奈美が真顔で問いかける。

「大輔、本当に大学行きとうないんか？　奨学金とかでどうにかしたら行けるじゃろ」

胸がうずくのを抑え、大輔は作り笑いを浮かべる。子供の頃からつけてきた、理不尽さと悔しさを覆い隠すための精巧な仮面だ。

「ありがとうな。でももう決めたことじゃけえ」

「……そうかあ」

まだ納得のいかない様子の千奈美を見ないように、大輔は顔を逸《そ》らした。

大学進学をあきらめる……それは人生の選択肢を大幅に減らすことに他ならない。千奈美は言外にそう匂わせている。

それは大輔も重々承知だ。大輔だって大学には行きたい。修一や千奈美のような東京の大学は無理だとしても、広島の大学にならば通える。

だが不可能だ。大輔の下には弟の洋輔《ようすけ》と妹のしずくがいる。二人が大きくなれば、さらにお金が必要になる。やはり高卒で働くしかない。

仕方ない……大輔は心の中で、自分にそう言い聞かせた。人生でもっともくり返している言葉だった。

二人と別れ、家路を急ぐ。春になり、日が長くなっていた。夕暮れが田んぼを赤く染め、森が夜に向けて支度を整えている。

榊山《さかきやま》神社に向かう石段を通り過ぎ、家に向かう。以前はよく家族のみんなで参拝をしていたが、父親が失踪して以降、立ち寄ったことはない。神様などいない。それを思い知らされたからだ。

家に到着するが、この外観を見るたびに嫌になる。築五十年のボロ家だ。老朽化がひどく、雨漏りもするし隙間風も吹く。おかげで大輔は家の修理の腕が上がった。

「ただいま」

立てつけの悪い玄関の扉を開けると、「おかえり」と同時に二人の声が返ってくる。

洋輔としずくだ。二人とも中学校のYシャツのまま、洗濯物を畳んでいた。二卵性なのでさほど顔は似ていないが、二人は双子だ。

「遅うなって悪かったな。腹減ったじゃろ」

大輔はエプロンを着けて、早速料理をはじめる。昔から大輔は、洋輔としずくのために料理を作ってやっている。これも長男の役目だ。

今日はもやしのにんにく醬油炒めにする。もやしは安くて旨《うま》い。関家では欠かせない食材だ。昨日作った餃子のニラが余っていたので、ニラでスープも作る。卵も入れたかったが、そんな贅《ぜい》沢《たく》はできない。

傷だらけのテーブルに料理を並べ、三人で食べる。

「兄ちゃん、旨い」

洋輔が称賛の声を上げる。

「なんでただのもやし炒めで、うちとこんなに味が違うんじゃろ？」

しずくが箸でもやしを摘《つ》まみ、不思議そうに首を傾《かし》げている。洋輔もしずくも中学生になったので各々料理をするようになったが、大輔とは年季が違う。特にもやしの扱いに関しては、大輔の右に出る者はいない。

洋輔がいつものように一膳で食事を終える。育ち盛りなのでまだまだ食べたいだろうに、我慢しているに違いない。ふと洋輔の袖口を見ると、ほつれていた。

だが、我が家に新しくYシャツを買ってやる余裕はない。洋輔もそれがわかっているので、何も言わない。

自分のことならばいくらでも我慢できるが、洋輔としずくが貧しさに耐える姿を見ていると、申し訳なさと無力感が鋭い爪と化し、心の中を引き裂いてくる。その傷と痛みは年々増える一方だ。

「兄ちゃん、どうした」

きょとんとした顔で洋輔が尋ねてくるが、それとなく手を隠していた。大輔の視線で、大輔の心中を察したのだ。洋輔は優しい性格で、こういう気遣いができる。

「なんでもないけぇ」

弟を心配させてどうするのだ。大輔は反省し、残りのもやしを口にした。

「おかえり」

夜遅く大輔が勉強していると、母親の理恵《りえ》が帰ってきた。いつも静かに入ってくるので音はないが、気配でなんとなくわかる。

「ただいま。洋輔としずくは？」

「もう寝ちょる」

そう言って母親の顔を見ると、相当疲れているのがわかった。母は毎日休む間もなく、スーパーで働いている。疲れが取れた晴れやかな顔を、ここ数年見たことがない。父親が失踪してからというもの、母は働き詰めだ。

耐えきれずに大輔は申し出る。

「母さん、やっぱり俺バイトするけぇ」

やつれた母の姿を見るたびに、胸がしめつけられる。高校を卒業するまで待っていられない。

洋輔の学生服も新調してやりたい。

「そんなんせんでええ。バイトなんかしたら剣道も勉強もできんようになる」

大輔には普通の学生のような生活を送って欲しい。そう言って母は、大輔がバイトをするのをかたくなに拒んだ。

「剣道はともかく、もう勉強はええじゃろ……」

大学受験はできないのだから。

「……お願いやけぇ、剣道も勉強もやって」

「……わかった」

切望するような母の頼みに、大輔はしぶしぶ了承した。

2

それから一週間が経った。高校のチャイムが鳴り、昼食の時間となる。大輔は弁当箱を取り出し、蓋《ふた》を開けた。弁当は毎日、洋輔としずくの分もあわせて大輔が作っている。

今日は白米ともやしを麻婆風に味付けしたものだ。肉や卵などの食材は、洋輔としずくの弁当に使っている。安い弁当ながらもどうにか豪華に見えるように、彩りなどを工夫している。二人が貧乏を理由に同級生から馬鹿にされる要素は極力減らしたい。ただその分大輔の弁当は、見るも無残なものになるが仕方ない。

また仕方ないと言っているな……大輔はそう苦笑しかけたが、笑みを浮かべるまでには至らなかった。おかしさより辛さの方が勝っていたからだ。

「おい、おい、なんだ。家畜の餌かよ」

怖気《おぞけ》がするような不快な声が聞こえ、大輔はうんざりした。

斜め上を見ると、大石雅敏《おおいしまさとし》がにやにやと笑っていた。

目を細め、口角を微妙に持ち上げている。人を小馬鹿にするための理想の角度だろう。吐き気がするような面構えだ。その背後には、近藤《こんどう》を中心とした取り巻き連中も控えている。

修一と千奈美は幼なじみだが、この雅敏もそうだ。けれど雅敏と大輔達は犬猿の仲だ。この鼻持ちならない性格が我慢ならない。

そうたらしめる一因が、雅敏の父親の大石勇作《ゆうさく》だ。勇作は一成《いちなり》銀行というメガバンクに勤め、西日本エリア全体を統括している。いずれは頭取になると言われるほどの実力者だ。

大石勇作と熊野の縁は深い。というのも勇作の妻、つまり雅敏の母親が熊野出身だった。

勇作は熊野町の企業に肩入れし、他の金融機関より優遇した条件で資金を貸し出した。だからこの辺りの企業は、一成銀行に頭が上がらない。

勇作は普段は熊野にはいないが、雅敏はここで生活をしている。雅敏の母親が故郷の熊野で子育てをしたがったからだ。大輔からすればこれほど迷惑な話はない。

雅敏は父親の威光を笠に着て、傍若無人《ぼうじゃくぶじん》な振る舞いをしている。

苛々して大輔が返す。

「おまえには関係ないじゃろ。はよどっか行け」

「高卒は荒っぽいなあ」

わざとらしく雅敏が怯《おび》え、大輔はさらに不愉快になった。大輔が大学に進まず、就職をすることを知っている。どうせ進路指導の教師に訊いたのだろう。

雅敏は東京の大学へ進学が決まっている。わざわざ広島市内から優秀な家庭教師を呼んでいる上、父親が大学に多額の寄付金を積んだそうだ。金があれば学歴さえも買うことができるということだ。

「はいはい、豪華なランチの邪魔なんで行かせてもらいます」

この標準語も腹の立つ一因だ。来年東京に行くから広島弁は必要ないと、今から標準語を使っているに違いない。

「おっと」と雅敏が足をもつれさせ、机に体をぶつける。その拍子に弁当箱が床に落ちた。

この野郎、わざとやりやがったな……大輔は一瞬で頭に血が上り、怒りで目がくらんだ。

「ごめん。わざとじゃないんだ。ちゃんと弁償するからさ」

雅敏が財布を取り出し、十円玉を机に置く。

「はい。弁当代。もやしの値段ってこんなもんだろ」

背後に控えた取り巻き連中がせせら笑う。貧乏というだけでこんなに馬鹿にされなければならないのか……拳を握りしめ、雅敏の頬に叩き込みたくなったが、大輔は歯を食いしばって堪えた。

気に入らない生徒を挑発し、喧嘩《けんか》に持ち込む。それが雅敏の手口だ。問題を起こせば、自動車メーカーに就職ができなくなるかもしれない。

大輔は無言で弁当を片付け、中身をゴミ箱に捨てた。

いつもより早く、大輔は帰路についていた。

昼間の雅敏のせいで、部活をしていてもどうにも落ち着かなかった。こんな状態では他の部員に迷惑をかけたり、怪我《けが》をする危険があるので、途中で切り上げさせてもらったのだ。

剣道において雑念は大敵だ。あの程度のことで心を惑わされては、全国大会進出など夢で終わってしまう。

もう大輔には剣道しか残されていない。金のことや雅敏のことは頭から追い出し、とにかく剣道にだけ専念する。せめてもこの学生時代に、人生における輝かしい思い出を作るのだ。そしてその栄光の姿を母に見せてやりたい。

公園の横を通ると、見覚えのある声が聞こえてきた。洋輔としずくがバレーボールの練習をしている。そういえばしずくはバレー部に入ったのだった。

ただその光景に何か違和感がある。目を凝らしたが、それが何かはわからない。

「バレーボールの練習か」

声をかけると、洋輔としずくが驚いたように飛び上がった。洋輔が背中にボールを隠し、どぎまぎと応じる。

「兄ちゃん、今日は早いな」

そう言う顔は強張っていた。

「そのボールはなんや？」

大輔は洋輔のボールを取り上げる。段ボールとガムテープで作ったものだった。

「……洋輔がうちのために作ってくれたんじゃ」

おずおずとしずくが切り出し、大輔はそこで先ほど感じた違和感の正体がわかった。バレーのボールを買う金がないからこれで代用していたのだ……そして大輔がそれを知ればショックを受けると思い、二人は隠していた。

ふと雅敏に落とされた弁当箱が脳裏を襲ってきた。お金がない。それだけで弁当を馬鹿にされ、弟や妹はこんな自作のボールで遊ばなければならないのか。

自分が惨《みじ》めな目に遭《あ》うだけならばまだ耐えられる。だが貧しさの雨は、洋輔やしずくにまで降り注いでしまう。それだけは辛抱できない。

夜になると大輔は公園に行き、母の帰りを待った。

母親が帰宅する前に話したいことがあったのだが、洋輔やしずくには聞かれたくなかった。母は毎晩、公園の前の道を通って帰って来ていた。

公園では牛蛙《うしがえる》が大合唱をしていた。その声を聞いていると、腹が鳴った。昼飯は食えず、夜もほとんど食べていない。自分の分は洋輔としずくに回したのだ。

そういえば蛙って意外に旨いらしいな……そう思ってすぐにかぶりを振る。さすがに蛙を食べるまで堕《お》ちたくない。

そんなことを考えていると、前の道から母の声がした。

「大輔か？」

顔を向けると、母親の理恵がいた。

「母さん、ちょっと話があるんじゃ」

「……剣道を辞めてバイトするって話か？」

「え、なんでわかるんじゃ？」

「わかるもなにも、顔に書いてあるけぇ」

母はなんでもお見通しだった。

「そうじゃ。しずくのやつ、バレーボール買う金ないけぇ自分でボールを作っとった……もう自分のわがままで剣道なんかでけん」

沈んだ表情で母が大輔を見る。またシミが増えたみたいだ。母は化粧品を買うお金も節約している。

「ダメや。そんな必要ない。剣道は続けんさい」

「なんでじゃ」

母の口元に笑みが浮かんだ。

「喜び。お母さん、主任になった。だから給料も上がるけぇ」

「ほんまか」

思わず声が弾んでしまった。母は主任になるため、睡眠時間を削って会社の昇格試験の勉強を続けていた。その努力がついに実ったのだ。

「それに大輔、あんたやっぱり大学行きんさい」

「……どういうことや？」

「給料も上がったからどうにかなるけぇ。あんたの成績やったら大学行けるじゃろ」

胸のうずきが大きくなったが、大輔は必死でそれを抑え込んだ。

「それはでけん」

「大輔、お母さんはどうしてもあんたに大学行って欲しい」

神妙な声音に、大輔は揺さぶられた。それは、母の心の叫びだった。

「あんたにはお父さんや私のせいで、散々苦労かけたけぇ。大学だけは行かせてやりたいんや」

「……ほんまにええんか？」

「ええ。大学行きんさい」

そう母が強く応じると、大輔の胸から熱いものがこみ上げてきた。それが、目からとめどなくあふれ落ちてくる。

そのまぶたを焼くような灼熱の涙が教えてくれる。そうか、俺は、俺は、これほどまでに大学に行きたかったんだと。

仕方ない。そう何度もなだめすかしてきた心に、希望の光が灯った。

「……母さん、ありがとう。俺、頑張るけぇ」

涙で声を詰まらせながらも、大輔は礼を言った。

「あとほら、これも」

母がビニール袋からあるものを取り出した。新しいYシャツと新品のバレーボールだった。

「母さん、知っとったんか」

「当たり前や。母親じゃけえ。大輔のことも洋輔のこともしずくのことも全部知っとる」

母が目尻にしわを浮かべる。それは父親が失踪して以来目にしていない、母親の屈託《くったく》のない笑顔だった。

毎日忙しいにもかかわらず、自分たちを見守ってくれている。その母親の柔らかな視線が、大輔の大学進学への想いを汲み取ってくれたのだ。

「……俺、絶対合格するけぇ」

手の甲で涙をぬぐい、大輔はそう心に誓った。

3

「そうか、大学行くことにしたんけぇ。よかったな」

修一が顔を輝かせ、大輔の肩を叩いた。

「ほんまじゃな。お母さんに感謝せんといけんな」

千奈美も上機嫌だ。どれだけ大輔を心配してくれていたのかがその様子でわかる。

翌朝、登校してすぐ二人に報告したのだ。この朗報を一刻も早く伝えたかった。

「関、なんだ。おまえ大学行くのか」

そこに雅敏の不快な声が割り込んでくる。千奈美がうるさそうに手で追い払った。

「あっちいっとけ。気色の悪い標準語じゃ」

「おまえこそ東京の大学行くんなら、その広島訛《なま》りをどうにかしろよ。いくら試験の点数がよくても、その広島弁で落とされるぞ」

あいかわらず嫌味ったらしいやつだ。三人で話していると、雅敏はいつも邪魔をしてくる。

「それより、なぜ大学に行けるんだよ。貧乏人のくせに」

露骨な雅敏の言い様に、修一が皮肉でやり返す。

「親の寄付金で大学行ける方が俺には不思議じゃ」

「なんじゃと」

腹立ちのあまりか、雅敏が広島弁でいきり立つ。

「もうええ。みんな行こう」

大輔はその場を収めた。「ぶちむかつくやつじゃ」と千奈美がぶつぶつ言っている。


「くそったれが」

大輔達が去ると、雅敏は教室の壁を蹴った。

小学生の頃からあの三人とは同級生だが、全員気に食わない。学校で反抗的なのはあの三人ぐらいだ。修一は気取って頭がいいのを鼻にかけ、千奈美はがさつで口が悪い。

そして極めつけは大輔だ。貧乏人のくせに、なぜかいつも堂々としている。学校の他のやつらのようにこびへつらわない。

大輔のことを考えると、あのときの記憶が脳裏をこすり上げ、こめかみに鈍痛が走る。それは雅敏が中学一年生のときのことだった。

近所の公園で雅敏は野良猫を捕まえて、石を投げつけて遊んでいた。野良猫がこの辺りをうろついているのを知っていたので、首輪と紐を用意して待ち構えていたのだ。

「何しとるんじゃ！」

怒声が響いたのでぎょっとすると、大輔が血相を変えて睨《にら》んでいた。その強烈な表情に、雅敏は一瞬怯《ひる》んだ。

気づけば大輔は猫に寄って行き、紐を解《ほど》いて逃がしてしまった。

「勝手なことすんな」

雅敏は怒鳴ったが、大輔は動じずにこちらを見つめてくる。

「……なんで、こんなことしよった」

「面白いからに決まっとるじゃろ」

「おまえはほんとに可哀想なやつじゃ……」

可哀想……雅敏は、一瞬誰のことを言っているのかがわからなかった。

そして大輔の目を見て、雅敏は心臓を鷲摑みにされた気がした。瞳には、哀れみと同情の色が漂っていた。その淡いゆらめきが、雅敏の芯を打ちつけてくる。

こんな貧乏人が、この俺を憐《あわ》れんでいる……屈辱で、雅敏は気がおかしくなりそうになった。

「もう二度とこんなことやめろ」

そう言い残すと、大輔が立ち去った。その去り際の見事さに、雅敏は一瞬言葉を忘れかけたが、すぐに我に返り、思い切り怒声をぶつけた。

「大輔！　覚えとけよ！」

あの記憶は、今でも脳裏に焼きついている。大輔に接するとそれがくすぶり出し、雅敏の胸を憎悪で焦がす。息もできないほどの黒煙の中で、怨嗟《えんさ》の声がこだましている。

許すな。大輔を絶対に許すな。あいつのすべてを否定しろ、と——。

「雅敏さんどうかされましたか？」

ひょろっと背の高い男があらわれた。近藤──。雅敏の手下のような存在だ。

「関のやつが大学に進学するらしい」

「そうなんですか」

へらりと近藤が笑う。実に下卑《げび》た笑い方だ。

「あいつにそんな金ないはずなんだが」

「あいつの母親、マルイチで働いとるんじゃけど、知っとりますか？」

マルイチとは近くのスーパーだ。この辺りでスーパーといえば、マルイチしかない。

「そんなもん知るか」

嘘をつく。大輔のことなら熟知しているが、そのことを近藤に悟られたくはない。

「最近、その母親が主任に昇進したそうですよ。それで給料も上がったから、大学に行く余裕もできたっていうことじゃないですか」

近藤の父親はマルイチの出入り業者だ。そこから情報を得たのだろう。

「なるほど。そういうことか」

腑に落ちたところで、ある考えが浮かんだ。我知らず頬が緩んでいた。

4

大輔は家で勉強に励んでいた。

ついうとうとしかけて、慌《あわ》てて目をこする。剣道で疲れきった体に鞭打って受験勉強に励んでいるので、近頃眠くて仕方がない。だが母が苦労して学費を工面《くめん》してくれているのだ。これで不合格になったら元も子もない。大輔は頰を張って気合いを入れる。

壁の時計を見ると、もうすぐ零時だった。母はまだ帰ってきていない。主任になって二ヶ月ほどだが、以前よりも帰る時刻が遅くなっていた。

それから少し経って、母は帰ってきた。

「……まだ勉強しとったんか。あんまり無理したら身体に悪いけぇもう寝んさい」

「俺より母さんは大丈夫なんか？」

主任になる前から母は働き詰めだったが、最近はその比ではない。やつれて声に張りもない。

「大丈夫じゃ」

「ほんまか？　主任になってからきつそうやけど」

「最初は覚えることが多くて大変やけど、慣れたらどうってことない。あんたは自分のことだけ考えとったらええ」

母は笑顔を作るが、明らかに無理をしている。こんな調子で働いて本当に大丈夫なのか？　その不安は日々ふくらみ続け、大輔の胸を圧迫した。

「……大輔、集中しろよ」

修一に咎《とが》められ、「すまん」と大輔は謝る。

今日は部活が休みなので、修一、千奈美とパソコン部の部室で勉強をしていたが、どうにも身が入らなかった。

千奈美が頬杖をついて尋ねる。

「なんかあったんけ？」

「……母さんが主任になってからだいぶしんどそうなんじゃ」

「そうかあ……そりゃ心配じゃな」

千奈美がふさいだ表情を浮かべると、修一が励ました。

「おばさんがそれだけ頑張ってくれとるんじゃけぇ、大輔は勉強と剣道を頑張りゃええ。それ以上の親孝行はないじゃろ」

「そやな」

大輔は微笑んだ。一見素っ気なく見えるが、修一ほど想いやりがあって熱い男はいない。

父親が借金で失踪してからというもの、大輔は苦労ばかりしている。弱音や心配ごとは家族には話せない。でもこの二人にはなんでも打ち明けられる。修一と千奈美がいなければ、大輔はこの暮らしに耐えられていない。二人がいて本当に良かった……大輔は心の底から感謝している。

とそのとき、廊下が騒がしくなった。誰かが走っているみたいだ。

いきなり扉が開いた。担任の先生だった。血相を変えた表情で大輔を見て、唇を震わせた。

「関、お母さんが倒れられたそうだ」

一時間後、大輔は病室にいた。

目の前のベッドでは母が寝ている。倒れた原因は過労で、命に別条はないらしい。それを聞いて一瞬ほっとしたが、すぐに心が深く沈み込んだ。

母さんをこんな目に遭わせたのは自分だ……大学に行きたいなんて気持ちがあったから、母さんはそれを汲み取って無理していたのだ。金もないくせにそんな人並みの願望を抱いてしまったのが、そもそもの間違いなのだ。

そう大輔が打ちひしがれていると、小太りの男があらわれた。

母の兄の宗介《そうすけ》だ。宗介は近所で居酒屋を営んでいる。父が失踪してからは、何かと大輔たち家族を気にかけてくれている。

宗介も、大輔の師匠である神崎に剣道を教えてもらっていた。神崎と宗介が、大輔の父親みたいなものだ。

宗介が冴《さ》えない顔で言った。

「大輔、ちょっとええか。話があるんじゃ」

大輔と共に廊下へと出る。母は寝入っているが、万一にでも聞かれる可能性を考えたのだろう。

「さっきスーパーの人から事情を聞いたけど、理恵が主任になってからなぜかクレームが急増したそうでな。あいつはそれに責任を感じて、がむしゃらに働いとったそうや」

「母さん、責任感強いから……」

「お医者さんが言うには、理恵はもう以前みたいに働けんそうじゃ。おまえら家族はうちに来い」

その覚悟はしていた……。

「ありがとう、おじさん。俺、すぐにでもバイト探すけん」

「すまんな……おまえには剣道で全国に行ってもらいたかったんやが」

宗介も大輔と同じ高校の剣道部出身で、全国大会出場を目指していたが果たせなかった。だからこそ、大輔に自分の夢を託していたのだ。

「……あと、大輔……」

宗介が沈痛な面持ちになる。言いたくないが告げなければならない。深い葛藤が宗介の唇を震わせているのだろう。

大輔はその言葉を継いだ。

「わかっとるけぇ。大学はあきらめるから……」

声にした途端、夢が砕け散る音がした。もう二度と直ることはない。そう自ら確信するほど、残酷な響きを伴っていた。

無念そうに、宗介が声を絞り出した。

「……すまん。理恵がおまえをどれだけ大学に行かせたかったかわかっとるのに、なんの力にもなれんで」

宗介の居酒屋の経営状態は重々承知だ。大輔たちを住まわせるだけでも相当な無理をしていることはわかる。

「おじさんには感謝しかないけぇ、そんなん言わんとってくれ」

やりきれないという感じで、宗介はか細い息を漏らした。

「金がないいうのは本当に辛いのぉ……」

その言葉が、大輔の胸に沁《し》みる。お金がない……たったそれだけで希望を粉々にされ、屈辱と惨めさにうち震えなければならない。人生すべてを奪われてしまう。

「……ほんまじゃな」

大輔の瞳から涙がこぼれ落ちた。冬の雨のように、冷たく切ない涙だった。

5

「そうか、おばさんが……」

修一が神妙な顔でそう漏らした。隣の千奈美も思い沈んでいる。校舎裏で影が濃いため、二人の表情がより一層暗く見える。大輔は、昨日のことを二人に話した。

剣道の師匠である神崎にもそのことは伝え、剣道部の顧問にも退部届を提出した。

「すまんな。二人ともせっかく勉強教えてくれたのに」

修一と千奈美は無言だ。ただ悔しそうに唇を嚙《か》んでいる。突然の事態に、二人ともまだ現実を受け止めきれていないのだ。

そこに、誰かの声が聞こえてきた。

「それにしても関の母親潰し、うまくいきましたね」

ぎょっとして声の主を探る。ちょうど大輔たちの死角になる場所で、二人の学生が話し込んでいる。雅敏と近藤だ。

大輔は修一と千奈美と一緒に耳をそばだてる。二人がこちらに気づく様子はない。

近藤が称賛の声で続ける。

「ほんと、関の母親狙ってクレーム入れまくってまいらせるって、天才的なアイデアですよ。さすが雅敏さんですね」

「まあな」

雅敏の得意そうな声に大輔は戦慄した。まさか、そんな……すぐには信じられない話だが、雅敏ならやりかねない。大輔への嫌がらせのためならなんでもする。そういう男だ。

「おまえら、何しとんじゃ！」

突然千奈美が叫んで、二人に向かっていった。大輔と修一も続く。

雅敏と近藤がぎくりとする。雅敏は一瞬動揺の色を浮かべたが、すぐに元のにやけ面に戻った。

「おいおい、盗み聞きなんてたちが悪いな」

「雅敏、ほんまに大輔のお母さんにそんなことしよったんか」

怒声混じりに千奈美が確認すると、雅敏が頷《うなず》いた。

「ああそうや。関、おまえの母親は体弱いなあ。まさか病院送りになるとはこっちも思わんかったわ」

体中の血が逆流し、憤怒で頭が割れそうだった。これほど怒りを覚えたのは生まれてはじめてだ。

「おいおい、拳固めて何する気じゃ。まさか俺らを殴る言うんやないやろうな」

近藤がからかうように言う。大輔は激怒のあまり、つい拳を握りしめていた。見ると、手の甲の血管が今にも破裂しそうなほどふくらみ、どくどくと脈打っている。

雅敏が、わざとらしく頬をつき出した。

「近藤、関が怒るのも仕方ない。俺は殴られるようなことしたからな。ほら、関、かまわんぞ。俺を殴れ」

なんてやつだ。以前雅敏は、こんな風に気に食わない生徒を挑発して暴力沙汰にし、相手を停学に追い込んだことがある。

「……雅敏、おまえ、たいがいにせえよ」

そう声を漏らした修一を見て、大輔は総毛立った。顔面蒼白になり、まぶたが痙攣《けいれん》している。

自分のことならば修一は耐えられるが、大輔や千奈美のことになると我を忘れる。修一とはそういう男なのだ。

「修一！　やめろ！　こんなやつ相手にすんな！」

咄嗟《とっさ》に大輔は止めるが、雅敏はさらに挑発をする。

「修一、殴りたかったら殴れ。問題を起こしたら大学進学に影響するだろうけどな。友達か人生かよく考えて選択しろよ」

くそったれが、と大輔は奥歯を噛みしめた。雅敏も修一の性格を熟知している。

「なめるなよ」

修一が拳を握り込み、雅敏に向かおうとしている。千奈美も怒りが頂点に達しているのか、今にも雅敏に殴りかからんばかりだ。

このままでは自分のせいで二人の将来に傷がつく……そんなことはさせられない。

大輔は修一と雅敏の間に割って入った。そして思い切り雅敏を殴りつけた。雅敏はふっ飛び、地面に転がった。それと同時に、ぎゃっという情けない声がした。

「雅敏さん！」

近藤の声と共に、女性の叫び声が響いた。女子生徒の誰かが見ていたのかもしれない。

その空気を引き裂くような甲高い響きは、大輔にはこう聞こえた。

希望だけではなく、将来が、人生そのものが完全に粉々になった……その終焉の鐘が鳴る音を、大輔は呆然《ぼうぜん》と聞いていた。

6

「みんな、見送りありがとう」

駅に向かうバス停の前で大輔は丁寧に頭を下げた。顔を上げると、神崎、宗介、修一、千奈美、そして洋輔としずくもいる。

母は体力が回復できずに、まだ床に伏せっている。肉体的なことよりも心労が影響している。

そう医師が言っていた。

夏休みに入っていた。

雲一つない晴天と焼きつけるような太陽、それと耳をつんざくような蟬《せみ》の鳴き声……これが故郷の最後の景色となるのだ。

雅敏を殴った件で、大輔は退学処分となった。雅敏は倒れた際に腕を骨折していた。大輔が一方的に雅敏を殴り倒したという目撃者の証言もあり、停学では済まないということだった。

修一や千奈美が学校側に事情を説明してくれたが、教師達はもう決まったことだからと取り合わなかった。

退学になったので、当然自動車メーカーには就職できない。それに、大輔がここにいることでいろんな人に迷惑をかけてしまう。そこでおじの宗介と相談し、大輔は東京に出ることにした。

若い頃おじが働いていた建設会社で、作業員として働くことになったのだ。高校中退でも安定した給料が得られるし、母に仕送りもできる。他の選択肢などなかった。

ついこの前まで大学進学を目指していたのに、結局高校中退か……大輔はなんだか笑いそうになった。

改めてみんなの方を見る。全員の表情に悲しさと、無念さが滲《にじ》んでいた。洋輔としずくは今にも泣きそうな顔をしている。

神崎が手に持っていた竹刀を差し出した。

「これを持っていけ」

「先生、でも俺はもう……」

剣道を続けるような余裕は、これからしばらくはないだろう。

「ええから」

神崎は強引に竹刀を押しつけてきて、大輔は仕方なく受け取った。神崎が声に芯を込めた。

「いいか大輔、心を強く持て。初心を忘れるな」

「初心を忘れるな……」

大輔が神崎の道場を初めて訪れた日、神崎が最初に教えてくれた言葉だ。

なぜ剣道を習いたいのかと神崎に問われた大輔は、「強くなって弟と妹を守るためです」と答えた。

会社を作ったばかりの父親は忙しく、家に不在がちだったので、長男の自分がしっかりしなければならない。どうすれば強くなれるのか小学校の先生に尋ねたところ、心身共に鍛えられる剣道を習えばいいと教えてくれた。

その大輔の答えに、神崎は張りのある声でこう応じた。「ならばその気持ちを常に胸に抱いて竹刀を振れ。そうすればおまえは強くなれる。いいな、その初心を忘れるな」と。

あのときの教えを、この竹刀を見て思い出せ。神崎は今、そう言ってくれているのだ。

「先生、ありがとうございます。大切にさせてもらいますけぇ」

神崎が切々と続ける。

「どんな苦境に陥っても、おまえならきっと乗り越えられる。わしはそう信じている」

「……ほんまにそうでしょうか。自信がありません」

洋輔もしずくも聞いているが、我慢できずに弱音を漏らしてしまった。

「昔わしの生徒におまえと似たような境遇の人間がいた。でもそいつは立派に成功しちょる。大輔、おまえもきっとそうなれる」

熱のこもった神崎の言葉が、大輔の冷え切った胸を温めてくれる。

「……ありがとうございます。俺、頑張ります」

神崎の目尻に、深いしわが刻まれた。

少しすると、エンジン音と共にバスがやって来た。

「じゃあ、みんな行ってくる」

「大輔、あっち行ってもうちと修一に連絡しんさいや」

千奈美の目には涙が溜まっているが、こぼすのを懸命に堪えているようだ。明るく見送ってやる。千奈美はそう決めていたのだろう。

修一が続けざまに言う。

「どうせわしらも東京に行くんや。来年三人で一緒に遊ぶけぇ」

「そやな、東京タワーで待ち合わせじゃ」

千奈美が重ねると、修一が鼻で笑う。

「なんで東京タワーなんじゃ」

「東京いうたら東京タワーに決まっとるじゃろ」

千奈美の自信たっぷりの断言に、大輔は笑った。

「そやな。東京タワーで待ち合わせして、東京観光しよか。俺が案内してやるけぇ」

そう返したものの、大輔はもう二人とは連絡を絶つ気でいた。修一と千奈美は、これから光輝く道を歩くのだ。自分のような日陰者が側にいるのは二人に迷惑だ。

最後に洋輔としずくの顔を見たかったが、それは止《や》めた。もし二人の顔を見てしまえば、きっと泣き崩れてしまう……。

必死で固めた心が揺れるのが辛い。顔を逸らしたまま、バスに乗り込む。中には数人の客と、いつものバスの運転手。全員が幼い頃からの顔見知りだ。

席に座ると大輔は目を閉じた。まぶたの裏に東京での楽しい生活を思い描こうとしたが、それはできなかった。

これからは、汗まみれになって働く毎日が待っている。普通の人が経験できる暮らしや青春は、大輔の未来からはもう消失したのだ。

バスが動き出したそのときだ。

「兄ちゃん、待って！　俺も東京行くけぇ！」

大きく開いた窓から大声が響いてきた。顔を出して後ろを見ると、洋輔が必死に駆けてくる。

「兄ちゃん、うちも行く！」

しずくもあとを追ってくる。二人の姿に、「おっちゃん、止めてくれ」と叫びそうになるのを、大輔は懸命に堪えた。二人と会えば、東京に行く覚悟が消えてしまう。それが無性に怖い。

洋輔、しずくごめん。このまま行かせてくれ。こんな兄ちゃんを許してくれ……。

目をつむって両手を強く握りしめると、バスが急停止した。驚いて目を開ける。運転席から運転手が手で促した。

「大輔ちゃん、行ってやれ」

音を立てて扉が開く。うんうんと同意するように、他の乗客たちも頷いている。

「すみません」

感謝と余計なことをという気持ちが交錯したが、大輔はとりあえず立ち上がった。

バスを降りた瞬間、洋輔としずくが抱きついてきた。二人を抱きしめ、その感触と匂いを嗅《か》ぐと、大輔の心が絶叫した。

無理だ。こいつらを放っておくなんて絶対にできない。だが東京に二人を連れて行くことなんて……。

顔を上げると、息を切らして宗介が駆けて来た。

「大輔、大丈夫じゃ」

遅れて、神崎、修一、千奈美もやって来た。肩で息をしながら宗介が続ける。

「社長にはわしからよう頼んどく。あの社長さんなら洋輔としずくがおってもええと必ず言ってくれるけぇ。人情深い人やから」

「ほんまですか？」

「ああ」宗介が頷き、洋輔としずくに確認する。「おまえら、転校することになるけど、それでも兄ちゃんと一緒にいたいんじゃな？」

うん、と洋輔としずくが同時に応じる。

そこで大輔は考え直した。母親はまだしも、洋輔としずくまで宗介の世話になるのは、宗介の負担が大きすぎる。その懸念はずっと心に引っかかっていた。だがそれよりも何よりも、やはり洋輔としずくを置いてはいけない。

肩の力を抜き、大輔は改めて訊いた。

「洋輔、しずく、ほんまに東京行くんじゃな」

洋輔が頷き、しずくが真顔で言った。

「うん。兄ちゃんが心配じゃけえ」

「俺が心配なんか？」

つい笑ってしまった。そしてその笑みのまま言った。

「よしっ、一緒に東京行くか」

「うん！」

洋輔としずくが笑った。その無邪気な笑顔に、大輔は誓った。

この二人をあらゆる困難から守ってみせる。必ず立派な大人に育ててみせる。そうだ。それが自分の初心だ。その初心を忘れずに東京で生き抜いてやる。

手にしていた竹刀を、大輔は力強く握りしめた。

第二章　東京

1

「おらっ、大輔、もっと気合い入れろ」

「すみません」

先輩の叱責《しっせき》で大輔は手に力を入れ直した。マンション建設の現場で、生コンクリートを手押しの一輪車、ねこで運んでいる最中だった。ちょっとでもバランスを崩せば、一輪車が転倒してしまう。

今日も猛暑だ。全身から汗がふき出している。この炎天下なのに、ヘルメットにマスク、しかも長袖の作業服だ。Ｔシャツでも着たいところだが、そんなものを着ればかえって体力が削られる。現場仕事では夏こそ長袖なのだ。

空を見上げると、雲一つない晴天だった。そういえば熊野を出る日もこんな青空だった。

もうあれから五年が経ってしまった。

東京での大輔の日常は、働き通しだ。最初の一ヶ月は現場作業のきつさに何度も音を上げそうになった。

特に初日は最悪だった。剣道をしていたので体力に自信はあったが、何一つできなかった。先輩から怒鳴られ、コンクリートの粉塵《ふんじん》で咳き込みながら謝った。ヘルメットをかぶった際に生じる頭のかゆさも我慢ならなかった。

翌日は筋肉痛で体が悲鳴を上げた。この激痛では働くどころか、歩くことすらままならない。けれど仕事は待ってくれない。

布団から這いずり、作業服に着替えていると暗い気持ちになった。こんな過酷な労働がこれから一生続くのか？　俺は果たして耐えられるのか……絶望と不安に襲われて逃げ出したくなった瞬間、洋輔としずくの寝顔が目に入った。

そうだ。自分が折れてしまったら、こいつらはどうなるんだ。洋輔としずくのためにも、俺が踏ん張るしかない。

大輔は奥歯を嚙みしめた。休ませてくれと懇願する筋肉を叱りつけ、よろける足取りで現場へと向かった。

だが一ヶ月を過ぎた頃には体力がつき、仕事にも慣れてきた。筋肉が増えて服もきつくなった。徐々に仕事がこなせるようになると、先輩からの叱責も減り、世間話もするようになった。

とはいえ仕事の過酷さには変わりはない。今日も昼休憩を心待ちにしながら、大輔は黙々と作業を続けていた。

生コンを運び終えると先輩に呼ばれ、現場監督に報告書を持って行くように命じられた。渡された報告書を手にプレハブの事務所に入ると、スーツ姿の富江《とみえ》がスマートフォンをいじっていた。どうせゲームでもやっているのだろう。まだ二十代で、大輔と年はそれほど変わらない。

親会社から派遣されてきている現場監督だが、仕事は何もしない。ここで遊んでいるだけだ。

作業員からも忌み嫌われている。

「すみません。報告書です」

報告書を差し出すが、富江はスマホから目を離さない。

「あの、報告書です」

「くそっ」

富江が声を荒らげ、天を仰いだ。面長で長芋のような顔をしている。乱暴にスマホをテーブルに置き、大輔を睨みつけた。

「てめえのせいでやられたじゃねえか。どうしてくれんだよ」

「……すみません」

「ゲームしてんのわかるだろうが。声かけてくるんじゃねえよ。そんなこともわからねえのか。中卒は」

「いや、俺は高卒です。高卒認定試験合格したんで」

「うるせえよ。どっちでも同じだ」

やっぱりあいつに似ている。大輔は虫唾《むしず》が走った。

あいつ——それは、高校の同級生である大石雅敏だ。この横柄《おうへい》さは、雅敏とそっくりだ。雅敏は父親の財力と権力を鼻にかけているが、富江は一流大卒という学歴を鼻にかけている。

富江が棚から消臭スプレー缶を取り出し、噴射をはじめた。

「くせえのが来たからな。匂い消さねえと」

この野郎……その振る舞いが雅敏と重なり、大輔はつい拳を握りしめた。あいつのせいで、今俺はこんな目に遭っているのだ。

「おい、何睨んでやがんだよ」

「いえ、何も。報告書、ここに置きます」

大輔はむかつきを抑えてその場をあとにした。


「ただいま」

大輔が帰宅すると、「兄ちゃん、お帰り」と洋輔としずくが同時に声を上げる。二人とも勉強をしていた。

ここは、会社の社員寮の屋上にある小屋だ。元は臨時雇いの宿泊所を、大輔たち家族が使っていいと社長が言ってくれたのだ。他の部屋では三人が暮らすには狭すぎるからだ。ボロボロで建て付けも悪いが、電気・ガス・水道があって雨風がしのげるので十分だ。ボロ家は広島の家で慣れている。

玄関で丁寧に服をはたく。現場で付いた泥や土、コンクリートの粉塵を落とさないと、部屋が汚れてしまう。

早速シャワーを浴びるが、大輔はお湯は使わない。ガス代を節約するためだ。夏の今はいいが、冬は震えながら水を浴びなければならない。

鏡を見ると、この猛暑のせいで顔と首がずいぶん日焼けしていた。ただ首から下は白いままだ。現場仕事だとこんな焼け方になる。

脱衣所を出ると、洋輔としずくで夕食を作っていた。狭い台所に並んで立つ二人を見て、大輔は目を白黒させた。

「二人ともだいぶ大きくなったな」

しずくは大輔の鼻のあたり、洋輔に至っては大輔と背丈がほぼ変わりない。

「当たり前だろ。俺たちもう高校生だぜ」

洋輔が笑う。東京に来てからはみんな標準語を使うようになった。広島のときとは背丈も言葉も違う。

食卓には関家おなじみのもやし炒めが並ぶ。これだけは広島でも東京でも変わらない。

しずくが箸でもやしを摘まんだ。

「やっぱり兄ちゃんと同じ味にならないなあ」

「まあおまえたちとはもやし歴が違うからな」

そう大輔が返すと、洋輔がふき出した。

「なんだよ。もやし歴って」

洋輔につられるようにしずくも笑った。仕事の疲れや辛さも三人揃ってとる夕食で癒やされる。

広島を離れる際、「兄ちゃんが心配じゃけぇ」としずくは言ったが、本当にその通りだった。

もし二人が東京に来てくれなければ、一人でこの生活に耐えられる自信はなかった。早々に逃げ出していただろう。

洋輔としずくが寝ている横で、大輔は発泡酒を呑んでいた。現場の先輩との付き合いで酒を嗜《たしな》むようになった。この仕事終わりの一本の発泡酒が、大輔の唯一の贅沢だ。

「二人とも高校生か……」

　そうつぶやいた途端、強烈な不安が胸の中をかき乱した。もちろんそれはお金のことでだ。それ以外の不安など大輔の中にはない。

　塾にも通わせてあげられないのに、二人は学校の授業だけでも優秀な成績を保っている。学力は十二分にあるのだ。だから、できることならば大学に行かせてやりたい。

　学歴がなければ、自分のようなむごい目に遭う。東京に来てそれを痛いほど思い知った。二人にそんな人生を絶対に歩ませたくはない。

　ただその金がない……洋輔もしずくもバイトをしてお金を家に入れてくれてはいるが、そんなものは微々たるものだ。勉強の時間は削らないでくれと大輔が懇願し、二人はそれほどシフトを入れていないからだ。大輔の給料と合わせても、あと二年で二人分の大学費用が貯《た》まるわけがなかった。

　──夜間にバイトを入れるか。いやそんなことをすれば、昼の仕事に影響が出る。体力仕事で睡眠時間を削るのは危険すぎる……。

　それよりも、こんな暮らしを一生続けるのか。さっき夕食中に洋輔としずくの恋愛話を聞いたが、大輔は二十二歳になっても彼女の一人もいない。女性に使うお金も時間もないからだ。貧乏な社会人は恋愛すらできない。

「金が欲しいなあ」

　切実な想いが、声に出てしまう。

　金さえあれば、母親にもっと仕送りができる。母親はまだおじの宗介の世話になっていた。大輔の望むことは、すべてお金があれば解決するのだ。

残りの発泡酒を呑み干す。今日はもう一本呑みたかったが、そんなことはできない。大輔はため息をついた。

2

大輔は歩道からビルを見上げていた。

六本木にある高層ビルだ。大輔が一番最初に手がけた建物でもある。周りはスーツ姿のいかにもやり手のビジネスマンという人間ばかりなので、作業着姿の大輔は怪訝《けげん》そうに見られる。

ふと、修一と千奈美のことを思い出した。広島を離れて以来、二人とは連絡を絶った。大輔、修一、千奈美の三人でLINEグループを作っている。『熊野三人組』という名前だ。そこに修一や千奈美から何度もメッセージが来たが、大輔はすべて無視した。そうしていると、やがて二人からの連絡は途絶えた。

大輔は頻繁に二人のことを思い出すが、二人は大輔のことなどは振り返りもしないだろう。この東京で、大学の仲間たちと学生生活を満喫しているに違いない。自分とはもう住む世界が異なる。

仕方ない、といつもの一言で自分を慰めると、ビルから賑やかな集団があらわれた。スーツ姿ではなく、揃いの派手なTシャツを着ている。その胸元にロゴが描かれていた。みんな大学生ぐらいに見える。

意気揚々と先頭にいるのがリーダーだろう。肩で風を切るとはまさにこのことだ。

「調子に乗ってるねえ」

不快そうに通りがかりの中年男性が吐き捨てる。掃除用のカートを押しているので、ビルの清掃員だろう。作業着姿の大輔に親近感を持って、話しかけたのかもしれない。

「あの人たちって何ですか？」

「このビルに入居している連中だよ。『スタンプ』っていうＩＴ企業の社員達だ」

スタンプという名はテレビのＣＭで聞いたことがある。街中でロゴも頻繁に見かける。

「じゃああの先頭を歩いていた人は？」

「社長だよ。起業家ってやつだな」

「起業家ですか……」

それも最近よく聞く言葉だ。男が心底うらやましそうに言う。

「いいよな、遊びで作ったようなアプリがヒットして、こんな豪華なビルに入居できるんだからよ。俺はそんな連中が汚したものの掃除が仕事だぜ。ほんと、世の中どうなってんだよ」

嘆きと嫉妬を撒き散らす。普段現場の作業員達も似たようなことを言っている。

『俺たちが必死こいて作ったマンションに、俺たちは住めずに金持ち連中が住むんだぜ。一体世の中どうなってんだ』と。大輔も同意見だ。

「……ほんとですね」

本音を漏らす大輔の肩を、男がぽんと叩いた。

「兄ちゃん、俺みたいに年食っちゃ無理だけどよ、あんたまだ若いんだ。あいつみたいに起業して金持ちになりな」

そう言って、あの先頭にいる若者を顎でしゃくる。

「俺も若いときにそれに気づいてたらなあ……」

「起業したらお金持ちになれるんですか？」

「おうよ。あいつなんかつい最近上場して一気に億万長者だ。株を売ったらもう一生遊んで暮らせるんだからよ」

「一生遊んで暮らせる！」

さっきの男はどう見ても二十代か三十代前半だった。そんな若い人間がどうやったらそんな大金を得られるのだ？　大輔が問いを重ねようとすると、

「おっと、もう時間だ。あいつらと違って、俺らは汗水たらして働かなきゃ食えねえからな」

あきらめの息を漏らして男が立ち去る。その哀愁が漂う背中は、よく見慣れたものだった。そしてそれは自分の未来の姿でもある。そう思うと、大輔は冷たい手で首元を摑まれた気がした。


数日後、大輔は家で本を読んでいた。

清掃員と話したその日、大輔は図書館に行った。起業について調べるためだ。

経済書関連のコーナーを見て、大輔はたまげた。想像以上に起業関連の本が多かったからだ。

つまりそれだけ世間の人は、起業に興味があるということだ。

起業家として成功すれば億万長者になれる……清掃員の言葉が、俄然《がぜん》真実味を増した。お金持ちになれる手段だからこそ、これだけたくさんの本が出版されているのだ。もしかすると起業が、

この貧乏暮らしから抜け出せる唯一の道なのかもしれない。

今日は午後から雨が降ったので仕事が早く終わった。だからやっと本を読む時間ができたのだ。

「あれっ、兄ちゃん仕事は？」

洋輔の声がして、大輔は慌てて本を隠した。

「早く終わってな」

洋輔としずくには秘密にしておきたい。

「じゃあもう焼き肉行こうよ。私、お腹《なか》ペコペコ」

生唾を呑み込むようにしずくが頼んでくる。

今日は大輔の給料日なので、みんなで焼き肉店に行くのだ。給料日だけは腹いっぱい肉を食べ、その他の日は質素にすごす。それが関家の習慣となっている。

「よしっ、ちょっと早いけど行くか」

「やった！」

二人が同時に飛び上がった。


「さあ、焼けたぞ。食べろ、食べろ」

焼けた肉を、大輔が洋輔としずくの皿に載せてやる。二人が即座にそれを頬張ると、くぅっと唸り声を上げる。

「焼き肉、最高！」

洋輔が満面の笑みで言い、「私はこの日のために生きてる」としずくが感激の声を上げる。二人の弾けるような笑顔を見て、大輔も満足感でいっぱいだ。

この焼き肉店は、安くて旨い。同僚の作業員達にも大人気の店だ。

「今日は兄ちゃん、ビール頼もうかな」

お金がかかるから普段は店で酒など呑まないが、今日はなんだか気分がいい。起業の世界を知って、気が大きくなっている。

注文したビールをすぐに店員が持ってきてくれた。それを洋輔が受け取ると、ちょうど横から来た客の体に当たり、スーツの上着にビールがかかってしまった。

「あー、これどうしてくれんだよ」

そのがさつな声を聞いて、大輔は胸をつかれた。それは、現場監督の富江だった。富江もまた大輔の存在に気づいた。かかったビールを払うようにしながら、嘆きの声を上げる。

「しまった。今日給料日かよ」

「どうしたんだ?」

富江と一緒に来ていた男が尋ねる。年齢が同じぐらいで、富江同様首から社員証をぶら下げている。親会社の人間だ。類は友を呼ぶではないが、富江同様人を見下したような顔つきをしている。

「こいつ、うちの下請けなんだよ」

「なるほど。給料日だから贅沢しようってか。おまえの手下ってベタすぎるだろ」

口元に冷笑を浮かべ、男が洋輔としずくを交互に見る。こいつらは下請けの人間を手下呼ばわりしているのか……その傲慢さに吐き気がした。

富江の眉間に、不快そうな縦じわが走る。

「やっぱりこんな店くるんじゃなかったぜ。あいつらが安くて旨いって言うから来たけど、こんな貧乏人が来るんだからよ」

「貧乏人が来たらダメなのかよ」

その言い分に我慢できなかったのか洋輔が嚙みつくと、富江が殺気立った。

「あっ、それがビールかけたやつの態度かよ」

「そっちがぶつかってきたんじゃろ」

しずくも加勢する。怒りのあまり広島弁に戻っている。

「関、こいつらなんだ」

「弟と妹です。富江さん、申し訳ありませんでした」

大輔は丁重に謝った。富江が服を拭きながら吐き捨てる。

「くそったれが。低学歴で貧乏人で、しかも田舎者かよ。おまえらみたいなのは草でも食ってろ」

「草って、バッタじゃねえんだから」

仲間の男が手を叩いて大笑いする。

洋輔としずくはうつむき、肩を震わせている。その姿に、大輔の堪忍袋の緒が切れかけた。自分はどんな目に遭っても耐えられる。でも、弟と妹にこんな思いをさせるやつは絶対に許さない。

けれどその瞬間、現実が慌てて大輔を諭《さと》してくる。感情にまかせて怒りを爆発させればどうなるのだ。親会社の社員に逆らえば、社長にも迷惑がかかるし、下手をすればクビになる。そうなれば、洋輔としずくを路頭に迷わせることになる。

初心だ。初心を忘れるな。師匠の神崎からそう言われたではないか。大輔の初心とは、この二人を守ることだ。耐えろ、ここは耐え抜け……。

「何騒いでんだよ。安物のスーツにビールがかかったぐらいでよ」

突然何者かが割って入ってきて、大輔ははっとした。それは、奇妙な男だった。

髪の毛は金髪で、ぶかぶかの派手な服を着ている。非常に目立つ格好だが、大輔はこれまでその存在に気がつかなかった。

何歳ぐらいかは正確にはわからない。二十代後半ぐらいだろうか？

柔和でへらりとした顔をしているが、その瞳の色は目を見張るほど澄んでいる。波一つない、底まで見通せる透明な湖のような瞳だ。

「なんだ、てめえ。関係ねえだろ」

富江が声を荒らげたが勢いはない。男の素性がわからず、戸惑っているようだ。

彼が、富江の首から下がる社員証を手に取る。

「社外でこんなもんつけて、自慢のつもりですかねえ」

「……取るのを忘れてただけだ」

図星をつかれたのか、富江が気まずそうに返す。彼が声を高くした。

「みんな、この人達大手ゼネコン羽鳥建設の社員ですよ。凄いでしょ。高学歴のエリートだよ。受験と就職の難関を勝ち抜いた成功者だよ。拍手、拍手」

大げさに手を叩く彼に、富江が慌てふためいた。

「ふざけんな。おまえ、やめろ」

そう言いながら社員証をポケットにしまっている。連れの男も同じことをしていた。

彼はスマホを取り出し、何やら検索をはじめた。

「あった、あった、羽鳥建設のカスタマーサポートセンターっと」

「カスタマーサポートセンターって……」

富江が色を失ったが、彼は無視して電話をする。

「あっ、もしもし。お宅の会社の富江学《まなぶ》って社員が下請けいじめをしてますよ。それに未成年者に罵詈雑言《ばりぞうごん》を浴びせてますよ。ちょっとこっちが引くぐらいの差別主義者ですよ。一体おたくはどういう社員教育してるんですかねえ。映像もちゃんと撮ったんで、ネットに流出したら大ごとですよ。こんな社員クビにした方がいいですよ」

「てめえ、何してんだ」

急いで富江がスマホを取り上げようとしたが、彼がひょいとそれをかわした。

「あっ、間違えてSNSにさっきの映像をアップしちゃうかも」

富江はなおも飛びつこうとするが、彼はにやにや笑ってスマホを揺らした。

「ダメだよ、富江ちゃん。社員証馬鹿みたいに晒《さら》してこんな騒ぎ起こしたら。会社に言ってくれって言ってるようなもんじゃない。高学歴エリートって頭悪いんだねえ」

そこで周りからどっと笑い声が起こった。その爆笑ぶりで、周りの人たちも富江に憤慨していたのがよくわかる。洋輔としずくも笑っていた。

いたたまれなくなったのか、富江と連れの男が脱兎《だっと》のごとく逃げ出した。その慌てぶりにまたみんなが爆笑する。

彼が太い声で言った。

「みんな、騒がせてしまって申し訳ない。お詫びといっちゃなんだけど、ここの代金全部俺が持つから好きなだけ食って飲んで騒いじゃって」

おーっと一同が感嘆の声を上げ、彼に盛大な拍手を浴びせた。その様子を見て、大輔の胸にこんな想いが去来した。

この人はヒーローだ……。

困っている人を助け、人々の心を一瞬で摑む。それはヒーローこそなせる業だ。しばしの間、大輔は彼から目を離せなかった。

3

「いいんですか賢飛《けんと》さん。うち、狭いですけど」

恐縮して大輔が言うと、賢飛が家の中に入ってきた。

「いいって、いいって。お邪魔しまーす」

さっき焼き肉屋で大輔達を救ってくれた彼は、今田《いまだ》賢飛と名乗った。

遠慮せずにどんどん食べろと賢飛が言ってくれたので、大輔は思う存分肉とビールを満喫できた。洋輔としずくももりもり食べていた。お金を気にせず呑み食いできるということが、これほど幸せなことだとは思わなかった。

呑み足りないから大輔の家で呑み直そう。店を出る間際に賢飛がそう言い出した。洋輔としずくもぜひ来て欲しいと頼んだので、家で二次会をすることにした。

部屋に入った賢飛が、嬉々として辺りを見回している。

「いいね、いい家じゃん」

お金持ちそうだが、こんな場所でもなじんでしまう。不思議な人だ。

飲み物を手にして全員が車座になると、賢飛が発声した。

「それでは今日という良き日に」

「乾杯」

賢飛が買ってくれたプレミアムビールで乾杯だ。こんな贅沢な日は、生まれてはじめてかもしれない。

賢飛の話に洋輔としずくが手を叩いて笑っている。大輔が嫉妬するぐらい二人とも楽しそうだ。

頃合いと言わんばかりに、賢飛が手もみして言った。

「さあさあ、みんな何買ってきてくれたか発表だ」

焼き肉屋から家に向かう途中でコンビニに寄ったとき、俺におすすめできるものを買ってこいと賢飛が言い、お金を渡してくれたのだ。

「まずは大輔だな」

大輔がおずおずと取り出したものは、スイーツだった。

「おっ、いいじゃん。新商品」

ほっと胸をなで下ろす。おすすめと書かれていたので買ってきたのだ。

洋輔は二日酔い対策のドリンクだ。賢飛がずいぶんお酒を飲んでいたからだろう。賢飛もこれには喜んでいた。

「さあ最後は、しずくね」

「じゃーん。これでどうだ」

しずくが取り出したパッケージには、『コオロギせんべい』と書かれている。

「しずく、なんだよ、それ。まさか本物のコオロギか」

怯え気味に大輔が尋ねると、しずくが嬉々として応じる。

「本物だよ。コオロギをせんべいにしてるんだって」

「おい、そんなもん買ってくんなよ」

悲鳴を上げる大輔をよそに、賢飛が興味を示した。

「なんでそれが俺へのおすすめなんだ」

「だって賢飛さんって変でしょ。だから変なの買ってきた」

あっけらかんと答えるしずくに、賢飛がふき出した。

「なるほどな。そりゃいい。この勝負、しずくの勝利！　まあ洋輔のドリンクもよかったから二人にはご褒美だ。何か二人が欲しいものを買ってやる」

「やった、やった！　何しようかな。服も靴もボロボロだし。ああ、欲しいものがありすぎて悩む」

しずくが無邪気にはしゃいでいる。変と言われても賢飛が機嫌を損ねた様子はないので、大輔は胸をなでおろした。

洋輔としずくが寝入った横で、大輔は賢飛とまだ呑んでいた。いつもはここで安い発泡酒を一本呑むだけなのに、今日はなぜか初対面の妙な人とプレミアムビールを呑んでいる。

窓の外には東京タワーと満月が見える。いつもは嫌いな東京タワーが、今日はやけにまぶしく見えてならない。

賢飛が洋輔としずくの方を見た。

「よく寝てるな」

「今日は久しぶりに楽しかったみたいです。体はもう大きいですが、まだ子供だなって思いましたよ」

ビールを一口呑むと、大輔は思い切って打ち明けた。

「……賢飛さん、うちは貧乏なんです」

「だろうな。見りゃわかる」

賢飛が一笑すると、顎で示した。

「豚の貯金箱なんか久しぶりに見たよ」

洋輔としずくの貯金箱だ。二人はあそこに小銭を貯めている。

大輔は自分の生い立ちを話した。親の工場が倒産し、そこから貧乏生活がはじまったこと。母親が倒れ、自分が高校をやめて建設作業員として働き、洋輔としずくを養っていること。

溜まっていた想いを爆発したように吐露する。酔ったせいもあるが、この賢飛という人に話したくなったのだ。

大輔は大きく息を吐いた。

「……洋輔もしずくももう高校生になってしまいました。二人とも成績優秀です。だから大学ぐらいはどうしても行かせてやりたいんですが」

「今のご時世、大学ぐらい出ておかないと富江みたいなのに馬鹿にされるからなあ」

「……はい。その通りです。二人に俺みたいな目に遭って欲しくない。でも、今の調子じゃ二人の学費どころか生活するので精一杯なんです」

今日の二人の様子を見て改めて思った。賢飛が支払ってくれたので、洋輔としずくはいつもの三倍ぐらい食べていた。

給料日の焼き肉ですら、二人は家計を考えて遠慮していたのだ。たまの贅沢ですら存分にさせてやれない。貧乏はこりごりだ……。

「俺、子供のときに誓ったんです。洋輔としずくを守るって。それを俺の初心にしようって。その初心を守るためにどうしても金が欲しいんです」

ぽつりと賢飛がくり返した。

「金が欲しいか」

「はい」

「なるほどねえ。それで起業か」

賢飛の目線の先には、出かけるまで読んでいた図書館で借りた起業本がある。

「はい……もう起業して一発逆転を狙うしかないって思って」

「いいと思うよ。大輔みたいな一般人が一攫千金を狙うなら、起業が一番いい」

「ほんとですか」

大輔は胸が躍ったが、その直後に賢飛がずばりと言った。

「でもおまえ、起業家に向いてないよ。才能ゼロ」

大輔はついむっとした声を上げる。

「……なんでそんなことがわかるんですか？」

「これ、旨いよ。食べない？」

大輔に取り合わず、賢飛がコオロギせんべいを差し出した。

「いらないですよ」

なぜ好き好んで昆虫を食べなければならないのだ。そんな商品がコンビニに売っている意味すらわからない。

「だからダメなんだなあ」

そう笑いながら言うと、賢飛がせんべいを食べはじめた。素性もわからない人間に夢を語ってしまったことを、大輔は後悔した。

「そうだ」賢飛が突然手を叩いた。「明日さあ、面白いテレビ番組やるんだよ。見た方がいいぜ」

「テレビですか？」

「うん、大輔は興味あると思うよ」

賢飛が不敵な笑みを浮かべ、「……じゃあ見てみます」と大輔はとりあえず了承した。

4

翌朝、大輔が現場の事務所に行くと、社長がいた。何やら首をひねっている。

「社長、どうしたんですか？」

「いや、富江さんが急遽うちの担当から外れることになったんだ」

先輩の作業員が口を入れる。

「よかったじゃないですか。あいつ、工期の遅れから何から全部俺たちのせいにしてたんですから」

昨日の賢飛のクレームだと大輔は気づき、なんだか笑いそうになってしまった。


仕事が終わって帰宅する。昨日遅くまで酒を呑んでしまったこともあって、もうへとへとだ。

食卓にいつものもやし料理が並ぶと、しずくがぽつりと言った。

「なんだか寂しいね」

「おいっ」と洋輔が咎め、「嘘嘘、うちのもやしは最高だ」としずくがごまかした。ただしずくの気持ちは大輔も痛いほどわかる。昨日の焼き肉の味がまだ舌に残っているからだ。

しずくが不思議そうに言った。

「それにしても賢飛さんって一体何者なんだろうね？　なんかお金持ちっぽくないけど、すっごいお金持ってたし」

洋輔が同意するように頷く。

「あの店のお客さん全員におごってたもんな」

大輔もそれは疑問だ。あの人数だといくら安いとはいえ、何十万かは支払っただろう。賢飛はまだ若いようだし、一流企業のエリートという感じでもない。どんな仕事をしているのか想像もつかない。

「あっ、そうだ」

時計を見て、大輔は思い出した。昨日、面白いテレビ番組があると賢飛に言われたのだ。録画できる機材を持っていないので、テレビはリアルタイムで見る必要がある。

やっていたのは経済番組だった。大輔が起業家を目指していると言ったから、この番組を教えてくれたのだろうか？

ぼんやりと眺めていると、ある企業が上場したというニュースが流れてきた。証券取引所の円形のガラスの映像だ。上部に『祝上場』という文字が回転し、中央に株価が書かれた液晶画面もある。大輔もこれは見たことがある。

続けて社長らしき青年が、銀色の鐘を鳴らした。アナウンサーが解説する。

「これは打鐘《だしょう》です。五穀豊穣《ごこくほうじょう》にあやかって、鐘は五回鳴らされます」

上場すれば、証券取引所で株式の売買を自由に行うことができる。ここではじめて株に値がつくのだ。

そして株を売れば、起業家は大金を得ることができる。起業家の目標がこの上場だ。そう本に書いてあった。

目が吸い寄せられるように、大輔は鐘を鳴らす青年に見入った。彼は今日、大金持ちになれたのだ。なりたい。自分もここで鐘を鳴らし、億万長者になりたい……。

そこでふと、昨日の賢飛の言葉が頭をかすめた。

おまえ、起業家に向いてないよ——。

賢飛はきっぱりとそう言い切った。じゃあなぜこんな番組を大輔に紹介したのだ？　嫌がらせか？　わけがわからない。

「あっ」

洋輔が急に頓狂《とんきょう》な声を上げた。

「どうしたんだ。洋輔」

「兄ちゃん、あそこ、あれ見て」

洋輔が画面を指さした。その方向を見て、大輔は息を呑んだ。

賢飛が立っていたのだ。

昨日とは違い、今日はスーツを着ているので気づかなかったが、確かに賢飛だ。一人だけ金髪なので、他の面々から浮いている。

しずくが興奮気味に言う。

「なんで賢飛さんがテレビに出てるの。どういうこと？」

「……あの人は、起業家なんだ」

大輔は思わずつぶやいた。

そう考えると合点がいく。あの若さでも大金を得られる職業。それは起業家しかない。

もう一度社長が鐘を叩くシーンになった。その鐘の音は、大輔の耳にこびりついて離れなかった。

「よっ、待った？」

公園のベンチに座っていると、賢飛があらわれた。スーツ姿ではなく、初めて会った日のような派手でぶかぶかな服を着ている。

あの番組を見たあと、すぐに賢飛に連絡を取ったのだ。大輔は連絡先を知らなかったが、洋輔としずくが知っていた。欲しいものが決まったら連絡しろと言われて、教えられていたそうだ。

「すみません。お忙しいのにお呼び立てして」

大輔が謝ると、賢飛が無造作に隣に座った。

「で、なんの用なの？」

「……テレビ見ました」

「どうだった？　俺スーツ嫌いなんだけど、さすがにあの場にこの格好で行くのもねえ。自分のポリシーを変に押し通すやつって逆にかっこ悪いじゃん」

居住まいを正し、大輔は深々と頭を下げた。

「賢飛さん、お願いです。俺、起業家になってお金が欲しいんです。もう貧乏は嫌なんです。どうか、起業の仕方を教えてください」

賢飛が黙り込んだ。その沈黙が、大輔には信じられないほど長く感じた。

「顔を上げなよ、大輔」

大輔は賢飛を見た。表情はいつも通りにやにやしているが、その目が異なっている。大輔の意気込みを測るような目つきだ。

賢飛が肩をすくめた。

「大輔、俺が昨日言ったこと覚えてる？」

「……起業家には向いていないって」

「うん、そうなの。俺、無駄なこと嫌いだからさ。才能ないやつにものを教えるのって無駄の最たるもんじゃん。だから、ごめんね。バイバイ」

あっさりと立ち上がる賢飛を、大輔は慌てて引き止めた。

「ちょっ、ちょっと待ってください」

ここで賢飛に見捨てられたらもう一巻の終わりだ。貧乏の呪縛から抜け出すには、賢飛に助けてもらうしかない。

「どうして俺は起業家に向いてないんですか。そんなのわからないじゃないですか」

「コオロギせんべい」

唐突な賢飛の言葉に、大輔は虚を突かれた。

「はい？」

「昨日おすすめを何か買ってこいと言われて、おまえはスイーツを買ったな」

「……それの何が悪いんですか？」

「おすすめ商品と書いてあったから買ってきた。だろ？」

「そうです」

それが一番問題がない。

「しずくは、コオロギせんべいなんていうおかしなものを買ってきた。普通そんなものは選ばないよな」

「ええ」

「だがそれが起業家にとって大事なことなんだ。おすすめと書かれていたから、人気商品だからなんの疑問もなく買う。そんなやつが起業家として成功できるわけがない。無難なんて言葉、起業家の一番の敵だ。起業家の才能があるのはしずくみたいな人間だ」

言葉に詰まる。まさかあの遊びにそんな意図があったなんて。しかしあきらめるわけにはいかない。

「……お願いします。才能がないなら努力で補います。もう貧乏は、金がないのは嫌なんです」

ふうと賢飛が大仰に息を吐いた。

「おまえは起業の一面しか見ていないよ。表だけ見て裏を見ていない。それじゃあ起業家は無理だよ」

そう言い残すと、賢飛は立ち去っていった。希望の糸がプツンと切られた……大輔にはそう感じられてならなかった。


「集中しろ。怪我するぞ」

先輩に注意され、大輔は我に返った。

「すみません」

ねこの持ち手を握り直す。この調子では、本当に事故を起こしかねない。

あれから二週間が経ち、大輔は迷っていた。起業に向いていない。そう賢飛に言われて意気消沈していた。

ただ、冷静に考えてみれば、起業をしたくてもビジネスのアイデアなんてちっとも浮かばない。大輔にできるのは肉体労働だけだ。

とはいえ、このままではこの先も金に苦労しなければならない。洋輔としずくの学費を捻出するには、今のところ起業以外の道は考えられない。

翌日、大輔は六本木のビルに出かけた。何か起業のヒントでもつかめればともう一度見たくなったのだ。

来てみたのはいいがビルの様子がおかしかった。出入り口を若い人たちが段ボール箱を持って行き来している。その表情はどれも淀み、沈んでいる。

「倒産だとよ」

先日の清掃員が横にいた。大輔に起業のことを教えてくれた中年男性だ。

「倒産ってこの前のスタンプって企業ですか?」

「そうだよ」

「でもなんで……調子よさそうだったのに」

「いや、俺もそう思ってたんだけど、業績はかなり悪化してたみたいだ。調子よさそうに見せてたのも、それを隠すためだったそうだぜ」

「……そうなんですか」

気の抜けた声で返すと、男がしみじみと言った。

「いやあこの前はうらやましいなんていったけど、起業なんてやるもんじゃねえな。買収や上場にまでこぎ着ける企業なんて、ほんの一握り。しかもたとえ上場できたとしても、業績を上げられる企業なんてもっと一握り」

ふうと息を吐き、男がビルを見上げる。

「成功者ばっかり見てたからわからねえけど、起業して成功するなんざ博打《ばくち》みたいなもんだ。このビルの下には、夢破れた屍《しかばね》がうじゃうじゃ埋まっている」

「屍……」

そのコンクリートの地面を見て、大輔の脳裏にあの光景がなだれ込んできた。

それは、最後に見た父親の背中だ。父は野球をやっていて、体格も立派だった。姿勢もよくいつも堂々としていた。

なのに借金のせいで、その背中が見るも無惨に小さくなっていた。社長としての威厳も、職人としての誇りも、すべてが消え失せていた。金の苦労は人をそこまで変えてしまうのだ。子供心に、そう感じたことを覚えていた。

そこで気づいた。賢飛が言った裏の面とはこれなのだ。失敗し地獄に落ちた敗残者のことを大輔は忘れていた。

そうだ。身近にいたではないか……父親という最大の敗残者が。そして父の失敗のせいで、自分は血が滲むような苦労を強いられている。

もし起業で失敗すれば、洋輔としずくはどうなるのだ？　大学進学どころではない。二人も自分のようになってしまう。そんな危険を冒してまで起業するのか？

男が嘆息して言った。

「兄ちゃん、俺たちは地道にやろうや」

大輔の背中を軽く叩くと、清掃員の男は去って行った。大輔はしばらくの間、そこから動けなかった。地面から屍どもの恨みと嘆きの声が聞こえてくる。その呪詛《じゅそ》の言葉が、大輔の動きを奪った。

大輔が公園のベンチに座っていると、

「大輔、また用？　俺のこと暇人だと思ってない。こう見えても結構忙しいんだけど」

コーヒーカップを片手に賢飛がやって来た。今日も奇抜な格好をしている。前と同様、大輔が呼び出したのだ。夕方のこの時間なら空いていると、賢飛が指定してきた。

「すみません、賢飛さん。どうしても直接謝りたくて」

「謝るって何を？」

「起業を教えてくれなんて無茶を言って。俺、成功することばかり考えて、失敗したことを考えてませんでした」

「やっと気づいた。起業なんて博打も博打、大博打だからね。毎年世界全体で３５００万社ぐらいが誕生するけど、そのほとんどが最初の投資すら受けられずに脱落する。世間が思っている以上に厳しい世界なんだよ」

「はい……」

「あと起業家に必要なのは若さと独身であること。背負うものがある人間は博打を打つのに向いていない。大輔は妻子持ちじゃないけど、洋輔としずくがいるからダメなの」

守るものがあるということは、リスクを負えないことと同義。そういうことだろう。

「それに、ハッカーじゃないでしょ」

「ハッカーって……ネットで悪事を働く人たちのことですか」

「違う、違う。本来のハッカーの意味はプログラムが得意なエキスパートってこと。みんながイメージする悪者ハッカーは、クラッカーって言われてるんだよ」

賢飛が言いながら、人差し指を振る。

「今のベンチャー企業ってテクノロジー関係がほとんど。テック企業っていうんだけどね。だから起業家もハッカーばっかりなんだよ。シリコンバレーだと、ハーバードとかスタンフォードとかMITとかの有名大学でコンピューター科学を専攻していて、そこの博士号を取っているやつも多いね。そのレベルのハッカーになるには、最低でも十三歳くらいからプログラミングをやっていないと不可能だって言われてる。まあ日本はそこまでではないけど、大輔みたいにハッカーの本来の意味も知らないなんて話にならない」

「じゃあ俺ははなからダメってことですね」

自虐の笑いがあふれて落ちる。学歴も技術もない大輔では起業を目指す資格すらない。貧乏人では一攫千金の夢を追うことすら叶わないのだ。

賢飛が他人事《ひとごと》のように訊いた。

「で、洋輔としずくの大学進学の費用はどうするの？」

「……夜間の道路工事のバイトとか入れて稼ぎます」

「昼も夜も肉体労働ってしんどいでしょ」

「でも俺の人生、しんどいことばっかりなんで……大丈夫です」

貧乏から抜け出したい……その夢と希望は今ここで潰《つい》えた。仕方ない、とまた心に言い聞かせる。いつものあの言葉だ。

大学進学をあきらめたときも、高校を中退したときも、過酷な仕事に音を上げそうになったときも、こうして自分に言い含めてきた。

でも、今は、今は涙が止まらない……心がその言葉を拒絶してくる。そこでわかった。今度は、今度こそは救われるかもしれない。そう柄にもなく期待していたんだって。

隣に賢飛がいるので、泣いているのを悟られたくはない。でもどうしても嗚咽《おえつ》の声が漏れてしまう。我慢できない……。

公園で遊ぶ子供達の無邪気な声を聞きながら、大輔はむせび泣いた。

やがて賢飛が口を開いた。

「おまえさあ、勘違いしてるよ」

「何がですか？」

「俺、起業家じゃないよ」

「えっ……でもテレビで」

思わぬ言葉に嗚咽が止まった。

「あの会社は俺が出資したの。俺の職業はベンチャーキャピタリスト」

「なんですか？　それ」

「あれ、起業の本に書いてなかった」

「すみません。ちょっと読んだだけなんで」

起業家に向いていないと賢飛に言われたことに落ち込んで、あれから本を読み進める気力が湧かなかった。

「まあいいよ。あんな本を読んでるやつも起業家には向いてないから。起業家ってのは崖から飛び降りて、落ちながら飛行機を作るような人種だからね。本を読んでしっかり準備してから何かしようってやつはダメなんだよ。

で、俺の仕事だけど、ベンチャーキャピタリストというのは、スタートアップにお金を貸すんだよ。世間的に言えば投資家だね」

スタートアップとは起業したばかりの企業のことだ。それぐらいは知っている。

「お金を貸すって銀行みたいなものですか」

「大輔、おまえが今から起業しますって言って銀行は金貸してくれると思う？」

少し考えてから首を横に振る。

「……思わないです」

「だろ。保証人も担保も信用も何もないんだから。とはいえ、それは大輔だけじゃない。起業したいって若者はみんなそうだ。会社を立ち上げるのには金がいるのに、銀行は金を貸してくれない。それだと起業は金か担保を持っているやつしかできないことになる」

「そうですね」

金持ちしか金持ちになれない。なんて理不尽でやりきれない世界だ。

「けれどそんな無一文の人間を助ける救世主がいる。それが……」

「ベンチャーキャピタリストですか」

賢飛がぱちんと指を鳴らす。

「はい、その通り。そんな何も持たない若者に投資するのが、俺の仕事。俺は銀行と違って利息も担保も取らない。ただ投資するだけ」

「それで、どうやって儲《もう》けるんですか？」

「投資するかわりに会社から株をもらう。未上場株ってやつだね。会社が上場して株に値がつけば、俺たちは所有株の売却益で儲ける。上場しなくても、他の企業に売却するパターンもある。どっちもうまくいけば莫大なリターンがある。これがベンチャーキャピタルのゴール。イグジットっていうんだけどね。基本的な稼ぎ方はこれ」

「なるほど」

そう納得しかけたが、新たな疑問が生まれる。

「でもそれってビジネスとして成立するんですか？　だって起業ってほとんどが脱落するってさっき賢飛さん言ってましたよね。起業が失敗したら担保も何もないんだから、損しかしないじゃないですか」

「そう、そうなのよ。だから基本はベンチャーキャピタルも博打みたいなもんだね」

「博打……」

その瞬間、大輔の芯を何かが強く揺さぶった。その揺れの激しさに、大輔は慄然とした。自分の何かが変わる音が響いたのだ。

「……賢飛さん」

「どったの。ずいぶん深刻な顔しちゃって」

「俺、ベンチャーキャピタリストになります」

賢飛が目をぱちくりさせる。

「えっ、起業のやり方を教えて欲しかったんじゃないの？　見切り早すぎない？」

「向いてないことをやっても無駄です。俺は無駄なことは嫌いです」

「あっ、それ俺の台詞《せりふ》だけど」

頬をふくらませる賢飛を無視して、大輔は続ける。

「それに起業家を目指すよりも、ベンチャーキャピタリストを目指す方が成功の確率が高いことに気づきました」

「ふうん、なんで？」

「起業家を目指す若者は多いけど、ベンチャーキャピタリストを最初から目指す人間はいないと思うんです。だって聞いたこともない職業ですから。だったら、勝ち目があるかもしれない」

「なるほどね。競争率の低い方を選ぶのは賢い選択だ」

「それにスタートアップへの投資ならばリスクを分散できます。投資先のどれかが成功すればいいんで、起業よりも博打としては勝てる確率が高い。俺は起業家には不向きかもしれませんが、ベンチャーキャピタリストになら向いているかもしれません」

「ふーん、そうきたか」

賢飛はあいまいに答えたが、その口角は上がっている。大輔は思い切って言った。

「それに俺は、賢飛さんみたいになりたいんです。賢飛さんがベンチャーキャピタリストだと言うのなら、俺はそれになりたい。だから弟子にしてください」

「なんで俺みたいになりたいの？」

「俺のヒーローだからです」

焼き肉屋での光景を思い浮かべ、大輔は胸が高ぶった。

あのとき賢飛は、大輔を颯爽《さっそう》と救ってくれた。それと同じく、大輔も賢飛のように洋輔としずくを救いたい。金というこの世の最強の武器で、あいつらを守ってやりたい。

賢飛が大輔を見据える。まるで大輔の感情すべてを読み取るような目だ。大輔はまばたき一つせず、その眼力に耐えた。自分の決心を、熱意を、賢飛に伝えるために。

ふうと賢飛が肩の力を抜いた。

「いいでしょ。弟子にしてやる」

「ほんとですか」

大輔の心に希望の明かりが灯ったが、すぐにその明かりをふき消すように賢飛が言った。

「ただし、テストに合格したらだ」

「……テストですか？」

「当たり前でしょ。こう言っちゃなんだけど、俺の会社に入社できるやつなんて、エリート中のエリートだよ。ベンチャーキャピタリストってのは起業家以上にビジネスに精通しなきゃならないんだからさ。MBA取得者や大手の投資銀行で働いてたやつもいるんだよ」

冷静に考えればそうだ。投資をするには専門的な知識が必要になる。果たして学歴も経験もない自分でもできるのだろうか……弱気が顔を出しかけたが、大輔は急いで振りほどいた。もうこの道しか俺には残されていない。

「どんなテストですか。絶対に合格してみせます」

賢飛が顎に手をやった。

「そうだなあ。じゃあ俺と勝負して勝ったら合格にしようか」

「勝負ってなんですか？」

「それは大輔が決めていいよ」

「……それって俺の方が超有利になりますけど」

「いいよ、いいよ。俺ってスーパーマンだからなんでもできちゃうの。ハンデ、ハンデ。頭脳勝負、スポーツ勝負、賭け事なんでもござれだ。自分でゲームを考えてもいいよ。だけど」

賢飛が指を一本立てた。

「勝負は一回こっきり。しかも今決めた種目のみ。取り消しは一切認めないから慎重に決めるんだよ」

これは意外に難問かもしれない……賢飛の得体が知れなすぎて、何が得意かもわからない。頭脳勝負も賭け事も大輔に分が悪そうだ。

肉体労働している分体力は大輔の方がありそうだが、それも判断に迷うところだ。賢飛の服がぶかぶかすぎて、体型がわからないからだ。

「さあ、早く。早く」

おかしそうに賢飛がせかし、大輔がもつれる舌で答えた。

「剣道、剣道にしてください」

もうこうなったら自分が一番得意なものをぶつけるしかない。それで負けたらあきらめもつく。

「おー、剣道ね。いいよ。じゃあそれでやろう」

「……賢飛さん、剣道の経験は」

「ないよ。でもできるでしょ。俺、なんでもできるもん。余裕、余裕」

そう言って、賢飛が白い歯を見せた。


一週間後、大輔と賢飛は日暮里《にっぽり》の道場にいた。賢飛が手配し、道場を借りたのだ。

この一週間、大輔も久しぶりに竹刀で素振りをした。素人相手に負けるとは思えないが、念には念を入れた。竹刀は熊野を出る際に神崎にもらったものだ。

初心を忘れるな。その神崎の教えを念じながら竹刀を振った。

防具は持っていなかったので貸してもらった。防具をつけると身が引き締まる。

「ねえねえ、大輔、これってどうやるの？」

賢飛が防具をしているが、つけ方が無茶苦茶だ。

「……防具のつけ方も知らないんですか？」

「だから言ったじゃん。剣道の経験なんてないって」

仕方なく大輔が防具をつけてやる。周りの子供達がクスクスと笑っていた。この道場の道場生だろう。

「あー、おまえら笑うなよ」

賢飛が注意すると、どっと大きな笑い声が生まれた。

面をかぶると、賢飛が竹刀を振っている。ふらふらであくびがでるほど剣速が遅い。だっせえ、と子供達がまた笑っていた。

これならば負けるわけがない。そう安堵《あんど》しかけたが、すぐに気合いを入れた。この勝負には自分の人生が、洋輔としずくの未来がかかっているのだ。

審判は道場の人がやってくれることになった。

向かい合って礼をする。

一撃だ。開始直後に得意の面打ちで仕留めてやる。大輔が息を整え、初撃へのリズムを合わせ出すと、「はじめ」と合図があった。

一足飛びで距離を詰める！　足の親指に力を込めたその瞬間だ。

「油断大敵！」

いつの間にか賢飛が目前にいる。嘘だ。大輔が驚いた直後、腹に衝撃が走った。

「一本！」

審判の声が上がり、子供達からどよめきが生じる。胴を一撃で抜かれた。なんて早業だ。とても剣道初心者ができるものではない……。

礼をして面を取る。呆然とする大輔に、賢飛がはしゃぎ声を上げる。

「どう？どう？　俺の必殺技『油断大敵』。俺、これで県大会決勝まで行ったんだから」

「ちょっ、ちょっと待ってください。賢飛さん、剣道やったことないって」

「そんなもん嘘に決まってんじゃん。ほらっ」

賢飛が小手を外して手を開く。そこに竹刀だこがあった。

「俺、剣道経験者だよ。まあ、ぜんぜんやってなかったからこの日のために猛練習したけどね。先生、ありがとうございます」

賢飛が審判に礼をする。この道場で練習に励んだということだろう。

「でっ、でも剣道を選んだのは俺ですよ。なんで剣道で勝負するってわかったんですか？」

「この前部屋に行ったとき、隅に竹刀を見つけたからね。使った形跡がないから洋輔やしずくが部活で使うものじゃない。ということは、おまえは剣道経験者ってこと。だからまあ好きに勝負を決めていいって言ったら、十中八九剣道を選ぶと思ったわけ。腕相撲とか言われたらやばかったけどね」

一度部屋に来ただけでそこまで観察していたのか……。

「ちなみに子供がいるこの時間帯を選んだのは、あいつらに俺の無様な様を笑ってもらうため。こうしてあの手この手で相手を油断させたところを、抜き胴で一本取る。これが秘技『油断大敵』なのだ」

賢飛が竹刀を振ると、ぶんという風切り音がした。練習前の素振りとまるで違う。おおっというざわめきが子供から生じた。

負けた……大輔は放心した。人生がかかった大一番で失敗した。自分が無様すぎて、声すら出ない。

軽快な口調で賢飛が言う。

「ベンチャーキャピタリストに必要なのは洞察力。投資するにふさわしい相手かどうか、そのビジネスに需要はあるのか、市場規模は大きいか、次の時代にはどんなビジネスが求められているのか。すべては洞察力が決める。もちろんその中には嘘を見抜く眼力も必要になる。起業家の中には融資を受けるためにでたらめを並べ立てる連中もいるからね。大輔も俺が剣道初心者だって言ってそれを鵜《う》呑《の》みにした時点でダメ。勉強になったでしょ。これで最初のレッスンは終了」

大輔は呆気にとられて訊き返す。

「最初のレッスンって……」

「あれっ？　俺に弟子入りしたんでしょ」

「でもテストに合格したらだって。それで俺は負けてしまったから……」

「ああ、テストはとっくの昔に合格してるよ。剣道は洞察力の大切さを教えるレッスン。テストって言ったのは本気でやってもらうため」

「もう合格してるって、一体なんのテストですか？」

そんなテストなどされた覚えはない。

賢飛がその場を離れ、自分のかばんから何やら取り出してきた。スマホだ。その画面を大輔に見せる。

「ほらっ、これっ」

大輔は目を丸くした。それは洋輔からのメッセージだ。

『賢飛さん、僕たちのご褒美なんですが、兄ちゃんに起業のやり方を教えてあげてください。お願いします』

「続けてしずく」

賢飛が画面を切り替えると、『おすすめ合戦のご褒美は、起業の本にしてください。お兄ちゃんにあげたいから』というしずくのメッセージが表示される。

「なんで、二人が起業のことを……」

「大輔が洋輔としずくをよく見ているように、二人も大輔を見てるんだよ。おまえが起業しようとしていることを二人は知っていた。そして二人は示し合わせたように自分が欲しいものを言わず、おまえのためにその権利を使おうとした」

「あいつら……」

目の奥から熱いものが押し寄せてきた。靴も服もボロボロだ。欲しいものなんて星の数ほどあっただろうに、その気持ちを殺して俺のために使おうだなんて……。

賢飛がしみじみと言った。

「ベンチャーキャピタリストに一番必要なのは信用だ。他人のお金を預かって運用するんだからね。起業家以上に信用が重要になる。おまえのために何かしてやりたい。洋輔としずくがそう思っている時点で、おまえはベンチャーキャピタリストとして必要なものをすでに持っている。だからすでにテストに合格してるんだよ」

涙があふれ落ちそうになるが、子供達が見ている。大輔は慌てて面をかぶりなおし、頭を下げた。

「あっ、ありがとうございます。俺、精一杯頑張ります」

「剣道の面ってそんな使い方もあるんだ。でも大輔、涙もろいのはちょっと直した方がいいかな」
賢飛が大笑いする。面の奥で、大輔はボロボロと涙を流して泣いた。

第三章　ベンチャーキャピタリスト

1

「どう、ちゃんとできてるか」

スーツ姿の大輔は、洋輔としずくに尋ねる。

「うん、いいよ。できるビジネスマンって感じ」

洋輔が褒《ほ》め、「でもこんなに日焼けしたビジネスマンいないけどね」としずくが笑って指摘する。

「そうだな。ちょっと黒すぎるよな」

大輔も鏡で見てそう感じた。だが外での仕事はもうないのだ。徐々に黒さは落ち着くだろう。

今日は賢飛の会社『あかぼしキャピタル』への初出社日だった。

賢飛との剣道対決の翌日、大輔は社長にこの仕事を辞めると告げた。「おまえは若いんだ。いろいろやれ。失敗してもまたここに戻ってきたらいいからな」と快く送り出してくれた。さらに、引越し先が決まるまでは社員寮の屋上の小屋を使っていいと言ってくれた。本当にありがたく、社長がいなければこの東京での日々を耐えられなかった、と大輔は深く感謝した。

もちろん宗介おじさんにも了承を取っている。高校中退の大輔が、きちんとした企業に就職できたことをいたく喜んでくれた。

「行ってくる」

大輔が扉を開けると、「いってらっしゃい」と洋輔としずくが声を揃えた。二人のためにも必ずベンチャーキャピタリストとして成功する。大輔はそう意欲に燃えた。


渋谷駅で降り、大勢の人と一緒にスクランブル交差点を歩く。相変わらず人混みがとんでもない。これが嫌で、渋谷に足を運ぶことがなかった。けれどこれからは、この街になじむ努力をする必要がある。

賢飛に指定された場所に到着して、大輔はビルを見上げた。

「でっけえ」

大輔が建てた六本木のビルよりもさらに立派で高い。さすが賢飛さんだ、と大輔は感心した。

入社までの期間を利用して、賢飛について調べた。

今田賢飛は、注目のベンチャーキャピタリストだ。彼は十七歳のときにシリコンバレーで起業した。アメリカのシリコンバレーがベンチャー企業の聖地だということは、大輔でも知っている。賢飛のビジネスの知識と浮世離れした雰囲気は、シリコンバレーで育んできたものなのだ。

賢飛はユーザーがSNS内に投稿した大量の写真を整理し、他のユーザーから評価が高い写真をプリントアウトして簡単にアルバムにするというサービスを提供した。デジタルとアナログを組み合わせたアイデアが評価を得て、大手の写真用品メーカーから買収された。それが高校生のときだというのだから信じられない。

それを皮切りに他の事業も立ち上げ、シリコンバレーで連続起業家として名を馳《は》せた。日本人でも世界で通用することを証明してみせたのだ。

そんな賢飛が、日本に戻ってベンチャーキャピタルの会社を立ち上げた。起業家がベンチャーキャピタリストに転身することは珍しくないが、ベンチャー不毛の地、日本を選んだということが業界を驚かせた。

インタビュアーの質問に賢飛はこう答えている。

〝このままじゃ日本は終わっちゃうからね。俺、ラーメンも寿司も好きだからさ。日本をもっと盛り上げたいの。

で、考えたの。俺一人が日本で何かでっかいビジネスを作るよりも、俺がベンチャーキャピタリストになって、日本人の起業家千人を成功させた方がてっとり早いって。

日本の大手投資銀行の頭の固い爺さんどもに、未来がわかるわけないじゃん。俺がそんな無能な老害どもを一掃して、日本をアメリカや中国以上のベンチャー大国にしてみせるよ〟

歯に衣着せないその発言に、金融業界から賛否両論が巻き起こった。物議を醸《かも》すとは、賢飛のためにあるような言葉だった。

そしてその宣言通り、賢飛が出資した会社はその二年後に上場に成功した。しかも評価額十億ドル以上だ。

そうしたスタートアップ系ベンチャー企業は、ギリシャ神話に登場する一角獣にちなんでこう呼ばれる。『ユニコーン企業』と。

賢飛はいきなりユニコーン企業を作り上げたのだ。その驚異的な実績と派手な外見、傲岸不遜《ごうがんふそん》な態度もあって、ベンチャービジネス界隈では風雲児と呼ばれていた。

そんな凄い人に弟子入りできたのだ。今まで不運しかなかった人生が、なんだか一挙に好転した気分だ。

よしっと頰を叩くと、大輔はビルの中に入った。

広々としたエントランスには、いかにも仕事ができそうなビジネスマン達がきびきびと歩いている。みんなエリートという感じだ。この日焼けした顔と安物のスーツが急に気恥ずかしくなってきた。

エレベーターに乗り最上階で降りると、大輔はどきりとした。

そこに若い女性がいたからだ。

高級そうなパンツスーツを着ていて、信じられないくらい足が長い。顔も嘘みたいに小さいので、まるでモデルみたいだ。つややかな黒髪にきりっとした眉と意志の強そうな瞳。何かハリウッド映画に出てくるアジア系の女優みたいだ。

大輔に気づくと、彼女が目を見開いた。何か驚いている様子だ。場違いな自分の格好に仰天したのだろうか。ただその瞳に、驚きの他にまた別の種類の感情が混ざっているようにも見える。

彼女はすぐに表情を戻すと、こちらに近づいてきた。鼓動が急に高鳴る。

「あなたが関大輔？」

「そっ、そうです」

緊張で声が裏返った。しずく以外の女性と話すことなど皆無な上に、こんな美女に話しかけられたからだ。

「私、あかぼしキャピタルの風林凜《かざばやしりん》、今田から話は聞いてるわ」

「よろしくお願いします」

まだ若いが、風格すら漂っている。別世界から来た人みたいだ。

凜と一緒にフロアに入る。洗練されたデザインのオフィスで、スーツ姿のビジネスマンが仕事をしている。外国の人もちらほらいる。

ただその中央にはゲーム機がいくつも置かれ、小さな機関車が走っている。まるでゲームセンターだ。

「あれ、なんですか?」

やれやれという感じで、凜が首をすくめる。

「今田の私物よ」

どうやら凜は気に入っていない様子だ。

一番奥の部屋に入ると、賢飛がいた。何やら熱中しているので、こっちに気づかない。ゲームに夢中になっていた。

「今田さん、連れてきましたけど」

凜がそう声をかけると、「ああっ、やられた」と賢飛が嘆きの声を上げる。

「今田さん!」

苛々した口調で凜が重ねると、賢飛がこちらを向いた。

「ああ、大輔来たのか……って、何それ、スーツ全然似合わねえじゃん」

「……すみません」

「ああ、おっかし。初日から笑かしてくれるなんて、やるじゃん」

大笑いする賢飛が指で涙を拭い、「……ありがとうございます」と大輔はわけもわからず礼を述べた。

「大輔、そいつは風林凜、俺の愛人」

「あっ、愛人！」

突然の告白に動転すると、凜がため息を吐いた。

「もういい加減にしてください。訴えますよ」

「まあ恐ろしい顔」

賢飛が震えるような素ぶりをして、すぐさま訂正する。

「冗談はさておいて、凜もベンチャーキャピタリストだよ。スタンフォード大卒でMBAも取得しているスーパー才女だ。頭が固いのとおっかないのが玉に瑕《きず》だけどね」

「放っておいてください」

ふんと凜が仏頂面《ぶっちょうづら》になる。

「凜、大輔の面倒みてやってよ。二人とも年も近いんだし」

賢飛の頼みに、凜が眉をつり上げた。

「ちょっと待ってください。私全然聞いてないんですけど、彼は一体何者なんですか？」

「えっ、だから大輔だよ。俺の弟子」

「弟子！　今田さん、弟子なんか取ったんですか？」

「うん、そだよ。ベンチャーキャピタリストになりたいんだって」

「また勝手なことを」

頭を抱える凜を見て、賢飛がおかしそうにしている。どうやら凜は、いつも賢飛に振り回されているらしい。

凜の視線が、大輔の頭から足へと上下する。

「あなた見たところまだ若いけど、金融関係の仕事してたの？」

「おいおい、こんな日焼けした金融マンがいるかよ。勉強はできても観察力がなかったら、優秀な投資家にはなれないよ」

からかうように賢飛が言うと、凜はむっとしたように眉根を寄せた。

大輔は急いで答える。

「ビルやマンションを作ってました」

「じゃあ起業経験は？　何か得意とする業界とか分野とかあるの？　英語か中国語は話せるの？」

「……いえ、何もできません」

「英語もできないのなら当然海外の大学は出てないわよね。日本のどこの大学を出たの？　東大？　京大？」

「大学どころか、高校中退です……高卒の認定試験は受かりましたけど」

「高校中退……」

凜が賢飛の方に向き直る。

「今田さん、まったく話にならないじゃないですか。こんな人を弟子にしてどうするつもりなんですか？」

「こんな人じゃなくて、大輔って呼んでね」

その辛辣な言葉に大輔は落ち込んだ。やはりベンチャーキャピタリストには、経験や語学や金融知識が不可欠なのだ。

「だから凜が教えてあげたらいいじゃん。そしたら大輔も早く社員になれるんだしさ」

なにげない賢飛の発言に、大輔は驚いて確認する。

「ちょっ、ちょっと待ってください。早く社員になれるって……俺、あかぼしキャピタルの社員じゃないんですか？」

「違うよ。俺の弟子だけど、社員じゃない。だから給料もないの。言ってなかったっけ」

大輔は思わず叫んだ。

「聞いてないですよ！　じゃあ無職じゃないですか」

「ほんとだ。花の無職だ」

賢飛は再び大笑いするが、大輔は目の前がまっ白になった。建設の仕事を辞めたことを後悔しかけたが、すぐに気持ちを立て直した。もう賽《さい》は投げられたのだ。

「……どうすれば社員になれるんですか」

賢飛が指を一本立てた。

「条件は一つ。大輔が投資してもいいという起業家を連れてくること」

「……その人に投資してもいいかどうかを賢飛さんが判断するということですか」

「いや、俺はしないよ。あくまで大輔の判断。責任重大」

賢飛が大輔を指さすと、凜が異議を唱えた。

「今田さん、それだと条件が簡単すぎませんか。それにこの人……じゃなかった大輔の判断で出資を決めるなんて、他の投資家が納得しませんよ」

凜の言う通りだ。

ベンチャーキャピタルでは、企業や金融機関、エンジェル投資家と呼ばれる個人投資家から出資を募り、そのお金を有望な起業家に投資する。

あかぼしキャピタルは、賢飛の信用で成り立っている。賢飛が出資判断をするからこそ、投資家は大事なお金を託しているのだ。

「うちは出資しないよ。大輔個人のお金だよ」

「……どういうことですか？」

おずおずと大輔が問うと、賢飛が答えた。

「俺が金を貸して、大輔の借金として出資する。もし投資したその起業家が失敗すれば、それはおまえの借金。死ぬ気で返してもらう。俺、激ヤバの仕事知ってるからそこで稼いでもらおうかな。生まれたことを後悔するぐらい死ぬほどきついけど」

「借金……」

意識が遠のいた。それでは起業家よりも条件が悪いではないか。

投資家が出資した起業家が失敗しても、起業家にその出資金の返済義務はない。あくまで投資家の責任となる。

「ただ、もしイグジットに成功すればその収益は大輔のものだ。そして、あかぼしキャピタルの正社員にしてやる。それが条件だ。さあ、どうする?」

「やります。やらせてください」

大輔は即答した。洋輔としずくのために、俺は必ず大金を得る。その気持ちに微塵《みじん》のぶれもない。

「いいね。即断即決は俺の大好物だ。じゃあ大輔、頑張れよ」

屈託のない笑みで、賢飛が頷いた。

2

「ほんとあなた馬鹿なの? あんな無茶苦茶な条件を呑んで」

凜が呆れて言った。

賢飛と別れ、大輔は凜とタクシーに乗っていた。

「……やっぱり無茶ですかね」

「当たり前でしょ。シリコンバレーのベンチャーキャピタルのイグジットの成功率は、わずか十パーセントって言われているのよ」

「たったそれだけですか……」

手に汗が滲む。想像以上の難関だ。

「超一流のキャピタリストが厳重な審査をした上で、絶対に成功すると思った企業に投資しても、成功率はわずかそれだけ。なのにずぶの素人のあなたが選ぶ投資先がイグジットなんてできるわけないじゃない」

「でももう俺にはこれしかないんで」

決意を声に込めると、凜が鼻から大きく息を吐いた。

「まあタイミングはいいわ。今から大型のスタートアップのイベントがあるから。盛大にピッチイベントもするそうよ。めぼしい起業家がいたら声をかけなさい」

「ピッチイベントってなんですか」

「そんなことも知らないの」

「……すみません」

「ピッチイベントっていうのは、起業家が資金調達や業務提携を目的に、自社のサービスや将来性をプレゼンする催《もよお》しのこと」

「なるほど。それを見て投資家は出資するかどうかを決めるんですね」

「そう」凜が首を縦に振る。「それに今田さんもゲストで呼ばれてるのよ。行くかどうか知らないけど」

凜が不機嫌になる。

凜は一緒に賢飛を連れて行こうとしたが、「俺、もうちょっとゲームするから」と賢飛がゲームを再開したのだ。最近格闘ゲームにはまっているらしい。

あんな気まぐれな人の面倒を見ているのだから、凜の気苦労は相当なものだろう。

「でもピッチイベントって婚活パーティーみたいですね」

「起業家と投資家は、男女の関係に似ているからね。男が必死にアピールし、女が品定めする。

まあ私の眼鏡に適《かな》う男はいないけど」

凛ほどの美人ならば、選ぶ男の基準もとんでもないだろう。今の自分では到底無理だ……って、今のってなんだよ。もう少ししたらいけると思ってんのか。何期待してんだ、俺は。

「どうしたの。顔がまっ赤になってるわよ」

きょとんと凛が指摘すると、「なんでもありません」と大輔はごまかした。


イベントホールに到着すると、大輔は唖然とした。

想像以上に人が多い。まるで人気ミュージシャンのコンサートのようだ。大型のホールには各企業のブースがあった。みんな必死で声を張り上げ、自社の製品やサービスを説明している。その誰もが若い。大輔と同年代の若者たちだ。

「日本の起業熱もちょっと高まってきたわね」

感慨深そうに凛が言う。大輔は胸が高鳴った。もしかすると、この中に自分のパートナーがいるかもしれないのだ。

と、そのときだ。

「あれっ、おまえ関大輔かよ」

ぞわぞわと全身に鳥肌が立った。真っ昼間に外を歩いていると一瞬で夜になり、得体の知れない化け物に声をかけられた。そんな気分だ。

嘘だろ……まさか……。

間違いだ。間違いであってくれと振り向いた瞬間──。

そこに、あの大石雅敏がいたのだ。

俺の人生を狂わせた男が、今、目の前にいる。その現実に、大輔は混乱した。こめかみが激しく痛み、吐き気を催す。

こいつが母さんをあんな目に遭わせた。こいつが俺の大学進学の道を断ち、高校を中退させた。こいつのせいで泥水を啜《すす》るような生活を送るはめになった。

殺してもいい。そう思えるほど憎い男……それが大石雅敏だ。

「おいおい、やっぱり関かよ。嘘だろ、マジか」

突然の邂逅《かいこう》に雅敏も驚いていたが、すぐにあのにやけ顔になった。

「おまえ、こんなところに何しに来てんだよ。中卒は立ち入り禁止だぞ」

「ふざけるな！」

封じていた怒りが爆発する。急に声を張り上げたので、周りがざわめいた。凜がびっくりして注意する。

「ちょっと急にどうしたの？　騒動はやめてよ。あなた、一応うちの会社の人間なんだから」

「……すみません」

そこで雅敏が凜に気づき、じろじろと見はじめた。その下心丸出しの視線に、大輔はさらにむかむかした。

雅敏が丁重に詫びる。

「申し訳ありません。彼は高校のときの大親友でして」

大親友だと……どこまで人の神経を逆なでするのだ。

「ああ、お知り合いなんですか」

凛も丁寧な声に切り替えると、雅敏が名刺を差し出す。

「一成《いちなり》キャピタルの大石雅敏です。以後お見知りおきを」

一成キャピタル……どういうことだと大輔は困惑したが、すぐに気づいた。

「一成銀行がベンチャーキャピタルをはじめたのか」

「そうだよ」

雅敏が得意そうに肩を持ち上げた。

一成銀行は雅敏の父の、大石勇作がいる銀行で、勇作は現在その頭取を務めている。国内でも最大手の銀行のトップになったのだ。

つまりそれは、雅敏の力が拡大したことを意味する。まさかその力が、大輔がやっと探し当てた世界にまで浸食してくるとは……運命の皮肉さを大輔は恨んだ。

凛が名刺を渡している。

「あかぼしキャピタルの風林凛です」

雅敏が不審そうに問う。

「その関は？」

「うちの社員です」

さらりと凛が嘘を言い、大輔は耳を疑った。凛は澄ました顔のままだ。わざとらしく雅敏が目を見開く。

「あかぼしさんは中卒でも採用するんですか？」

「うちは実力主義なもので」

にべもない凜の態度に、雅敏が一瞬口元を歪《ゆが》めるが、すぐに表情を戻した。

「あかぼしキャピタルさんといえば、あの高名な今田賢飛さんですね。実はうちもシード投資の方に力を注ぐことになりましてね」

その口ぶりで、雅敏が賢飛を敵視しているのがわかる。

「シードですか？　レイトではなくて？」

凜の声に違和感が滲む。

「ええ、シード投資です。才能ある若者に多くのチャンスを与え、日本経済を活性化させるというのが、一成キャピタルの経営理念ですから」

鼻を高くして雅敏が答える。まるで自分の会社だとでも言わんばかりの態度だ。

凜が事務的に微笑んだ。

「その理念は私達あかぼしも同じですわ」

「ぜひ日本のスタートアップの将来について語り合いましょう。今度お食事でもぜひ」

雅敏がスマホを出したので、大輔が割って入る。

「おい、もういいだろ」

にたにたと雅敏が言う。

「なんだ、その顔は。また暴力で解決する気か」

高校のときの記憶が甦《よみがえ》る。あのときもこいつはこんな顔をして挑発してきたのだ。

大石さん、と誰かに呼びかけられ、雅敏が舌打ちした。それから凜の方を見て、忠告するように言った。

「風林さん、その関大輔という男はクビにした方があかぼしさんのためですよ。何せ暴力事件で高校を退学になった男ですからね。私は彼に骨を折られたんですよ」

わざとらしく片腕を上げ、怯え顔を作る。

「そうなんですか。両腕でなくてよかったですわね」

凛が皮肉で応酬すると、雅敏は顔をしかめたが、すぐに背筋を伸ばして立ち去っていく。以前と同様、虫唾が走るような歩き方だ。

「……風林さん、すみません」

「何あいつ、むかつく。気持ち悪い目でじろじろ見やがって」

凛が嫌悪感を剝き出しにしたので、大輔は少しだけほっとした。

「地元が一緒なんですが、ちょっと昔いろいろあって」

雅敏が大石勇作の息子であることや退学した経緯などを教えると、凛が納得顔になる。

「なるほど。メガバンクの頭取の息子だから、あんな調子に乗ってるんだ」

「ええ」

そう頷くと、凛が神妙に言った。

「それにしても一成銀行がベンチャーキャピタルに殴り込んでくるっていう噂《うわさ》は本当だったのね。しかもシード投資って、うちともろかぶりじゃない」

「シード投資ってなんですか？」

さっきから疑問だったが、雅敏の前でそんなこと訊けるわけがない。

「スタートアップ界隈の用語ね。シードっていうのはアイデアや事業計画はあるけれど、商品化された製品やサービスはまだない状態のことを意味するの。まだ会社というつぼみすらない、種の状態。だからシード」

「なるほど」

わかりやすい。

「シードの次が、アイデアを具現化した『シリーズA』と呼ばれるステージになるの。一般的なベンチャーキャピタルは、ここから投資を開始するんだけど、うちはシード段階から投資するわ」

「アイデアしかない状態で投資して、失敗しないんですか?」

「もちろん失敗の確率はそれだけ増えるわ」

凜が深々と頷く。

「でもその分リターンが大きいのよ。何せ海のものとも山のものともわからない段階のスタートアップに投資するんだから」

「ハイリスク・ハイリターンってやつですね」

「そうそう。でもシード投資ってうちみたいに独立系のベンチャーキャピタルだからできることなの。今田さんの名前で資金を集めているからね。

銀行や証券会社系のベンチャーキャピタルは、組織で形成されているからそんな確率の低いシード投資は普通できないのよ。責任を分散したがるのが大手だから。だいたい潤沢な資金があるベンチャーキャピタルは、レイトステージと呼ばれるすでに評価を得たベンチャー企業に出資するのが一般的ね」

「そのシード投資を一成キャピタルがはじめるってことですか」

「……そうみたいね」

凜の表情に憂慮の色が見て取れる。

「それってまずいことですか？」

「あなたが起業家だとして、一千万円投資してもらうのと一億円投資してもらうのどっちがいい？」

「そりゃ当然、一億円です」

「そうでしょ。つまりベンチャーキャピタルは資金力がものを言うの。とんでもなく強力なライバルがあらわれたわ」

深刻そうな凜の口ぶりに、大輔は息を呑み込んだ。だがその不安より雅敏への怒りがはるかに勝る。

「風林さん、俺やります。雅敏に勝ちます」

「当たり前でしょ。あんな胸くそ悪い男に負けてたまりますか」

「あと、ありがとうございます。俺のこと社員だと言ってくれて。嬉しかったです」

ふんと凜が鼻を鳴らした。

「大輔のためじゃないわ。あの大石雅敏ってやつがむかついたからよ」

そう吐き捨てると、凜が雅敏の名刺を破り裂いた。

凜を嘘つきにはしない。俺はあかぼしキャピタルの社員になる。大輔は固く決意した。

まさかあの関大輔がこんなところに……。

歩きながら大石雅敏は、やっと衝撃から立ち直りつつあった。

五年前、雅敏は大輔に殴られ、怪我を負わされた。その責任を取るように、大輔は学校を退学した。それから東京で、建設作業員として過酷な労働をしている。それは知っていた。

地べたを這いずり回るような大輔の姿を時々想像し、雅敏は一人悦に入っていた。

可哀想なやつじゃ――以前大輔は雅敏にそう言ったが、今の状況でもそんなことを口にできるのか。地獄のような炎天下で働く大輔の元に赴いて、直接そう罵声を浴びせてやろう。何度そう思ったかわからないが、東京での暮らしがそれを忘れさせた。金があればこれほど楽しい街はない。快楽が、あの不快な男の記憶を消し去ってくれた。

大学に入り、進路を決める段になって、雅敏は迷わず金融の世界を選んだ。

この世はすべて金だ。それは父親の哲学だった。雅敏ほどその言葉が真実であることを知っている人間はいない。金があれば、人の未来すら奪うことができる。その代表例が大輔だ。

父は、自分を学生インターンとして一成銀行の子会社である一成キャピタルに入れた。

日本は弱体化したとはいえ、その金融資産はまだまだ豊富だ。ただ、金は眠ったままだとゴミ同然なのに、日本人には金を投資するという発想自体がない。投資と投機の違いもわからず、ただ馬鹿みたいに銀行に貯金するだけだ。

その意識を変えさせて、日本に眠る金融資産をスタートアップに注ぎ込む。アメリカや中国のように日本の起業熱を高め、再び経済大国へと返り咲く。かつて戦後の焼け野原から創業し、一時は世界を席巻《せっけん》した先人達のように。父はそんな野望を語り、雅敏にその尖兵を託した。

スタートアップの世界に入ることは、雅敏も願ったり叶ったりだった。その界隈の連中の羽振りがよく、女性からモテることも知っていた。下手な芸能人よりも、今は起業家や投資家の方がいい女が寄ってくる。六本木や麻布《あざぶ》など港区界隈には金持ち目当ての女達が集い、毎晩馬鹿騒ぎをしている。こんなに素晴らしい世界はない。金とベンチャーキャピタリストという肩書きがあれば、夜の電灯に集まる羽虫のように、女が勝手に寄ってくる。

そんな折、あかぼしキャピタルの今田賢飛の名前を耳にした。

シリコンバレーで成功した起業家で、日本で独立系ベンチャーキャピタルを立ち上げた。シード段階で投資したスタートアップをいきなりユニコーン企業へと導き、ベンチャービジネスの風雲児と呼ばれていた。

その派手な外見と大げさな言い回しは、雅敏の癇《かん》に障った。ちょっと運があった成金風情が何をしゃしゃり出ていやがる。ちょうどいい。俺が今田賢飛を潰して、その地位と名声を手に入れてやる。新たな目標が定まった。

その手始めとして今日のイベントに来てみたら、なんとそこにあの関大輔がいたのだ。

まるでゴキブリだ……叩きに叩き、奈落の底に沈めたのに、いつの間にかどこからともなくあらわれる。

しかもあかぼしキャピタルの人間としてだ。あの気に食わない今田賢飛の部下なのだ。関大輔という男は、どこまで俺をむかつかせるのだろうか。

だがまあいい。今田共々あいつを叩き潰す。楽しみができた――。

雅敏は薄く笑った。

3

大輔は興味津々で辺りを見回した。

客席にはスーツ姿の人間が大勢いる。そのどの表情にも余裕が窺える。機関投資家やベンチャーキャピタルの関係者、起業家として成功して今はエンジェル投資を行っている人間など富裕層ばかりだ。凜がそう教えてくれた。

さっきまで凜は、そんな彼らと順番に談笑していた。凜は人気者なのか、列をなしていたほどだ。

戻って来た凜に大輔が感心する。

「凄いですね、みんな集まってきて」

得意げに、凜が手で髪の毛をはらう。

「私がとびきりのいい女だっていうのが一番の理由だけど、うちに近づいてシリコンバレーの有力者に繋《つな》いでもらいたいのよ。みんな喉から手が出るほど欲しいものが、シリコンバレーの人脈だからね」

「人脈がそんなに貴重なんですか？」

「そりゃそうよ」凜が語気を強くする。「最先端テクノロジーの情報は、全部シリコンバレーに集まっているといっても過言ではないわ。今はテクノロジーが世界を一変させて、それが巨大なビジネスになるからね。でもそんなお宝情報はシリコンバレーの中だけで流通して、外にはなかなか出てこないのよ」

「なるほど。だからシリコンバレーで成功した賢飛さんに近づきたいんですね」

「そうそう。シリコンバレーって意外に閉鎖的だからね。日本でいうと京都っぽい感じかな。日本のベンチャーキャピタルがシリコンバレーに行って、いい投資先やテクノロジーの情報を得ようとしても誰からも相手にされないわ。よそものに冷たいのよ、あそこは。でも今田さんは、シリコンバレーのコミュニティーでは超がつくほどの有名人だからね。貴重すぎるほど貴重な人材よ」

さっきまで賢飛に関してぶつぶつ言っていたが、今は尊敬の念があふれ出ている。それほど賢飛は、この世界では希有《けう》な存在なのだろう。

やがて、若き起業家達のピッチがはじまった。大輔もメモをしながら真剣に耳を傾ける。有望な人間がいれば投資をするためだ。

だが一体どの起業家がいいのかわからない。どういうビジネスが有望なのか、判別がつかないのだ。

見るからに頭が良さそうな青年が発表をはじめた。

正面の大型スクリーンに、『シェア東京』というロゴが浮かんだ。

「シェアビジネスの新しい形、シェア店舗です」

彼が快活な声で言った。

説明によると、東京の一等地にある不動産のシェアビジネスだ。場所を複数の店で細切れにして借り、時間も月単位にする。そうすれば店を安く借りられる。

一等地だと一度借り手が抜けると、その次の借り手が見つかるのに時間がかかる。その空白期間は空き店舗となり儲からない。そこを埋めてくれるのだからオーナーもありがたい。

彼の語り口が流暢《りゅうちょう》なので、聴衆はのめり込むように聞いている。

「これいいですね。凜さん、どう思いますか？」

「うん。いいわね。ブランド側もポップアップストアとして気軽に利用しやすいわね」

「なんですか、そのポップアップストアって？」

「宣伝のために一定期間だけ開く店ね」

「ああ、なるほど。確かに一等地なら宣伝効果抜群ですね」

よしっ、いい人を見つけたぞ、と大輔は彼の名前をメモ帳に書き込んだ。

彼のピッチが終わると、ひときわ大きな拍手が起きた。

続けて妙な男があらわれた。なんと裸でまわしを巻いているのだ。とはいえ相撲取りほど大きくはない。小柄で、大輔よりも身長が低く見える。ただその体は筋骨隆々で引き締まっていて、顔つきも無骨な感じだ。

男が大きな声で叫んだ。

「こんにちは。僕の名前は白山十一《しろやまじゅういち》です。突然ですがみなさん、相撲は好きですか？　僕は大好きです！」

くすくすと周りから失笑が漏れるが。十一は気にすることなく続ける。

「僕は小さな頃から相撲が好きでした。ずっと相撲を続け、学生相撲でチャンピオンにもなりました。でも僕の体は大きくなかった。新弟子検査の基準に達せず、入門できなかった」

嘆くように十一が首を横に振る。

「なぜボクシングや他の格闘技のプロには軽量級があるのに、相撲にはないのか。そんな差別が許されていいのでしょうか。いや、よくはない。そこで僕は考えました。ないなら作ればいい」

スクリーンに、『SMART　SUMO』と表示される。

「軽量級の相撲団体、略して『SS』を設立します。軽量級の相撲世界一を決める団体です。SSを世界に通用するスポーツエンタメにしたいと考えています。みなさん、ぜひ出資してください」

今までとあまりに毛色が違うので、周りが静まり返っている。その反応のなさに十一は肩を落とし、しょんぼりと退場した。

「……最後に変なの見たわね」

凛がぼそりと言い、「……ですね」と大輔は頷いた。


「すみません。ちょっとお話いいですか」

大輔は急いで、さっきのシェア店舗をプレゼンした起業家に声をかけに行った。とにかく速度が一番だと思い、全速力で駆けたので息が乱れてしまう。

「……はい。かまいませんが」

不気味がられたので、大輔はすぐに名刺を出す。「一応必要だからな」と賢飛が持たせてくれたのだ。

「私、あかぼしキャピタルの関大輔と言います。さっきのシェア店舗ビジネス、本当にいいと思いました」

「あかぼしキャピタルって、今田賢飛さんのですか」

途端に彼の顔が輝く。やはり賢飛の名は効果絶大だ。起業家にとってどこのベンチャーキャピタルから出資してもらうかは重要な要素だ、と凜が言っていた。名の知れたところから出資を受けるということは、それだけ将来性のあるビジネスだと周囲も判断し、より評価が高くなって資金を集めやすくなるからだ。

タブレットで事業計画書も見せてもらう。ビジネスのことはまだよく知らないが、相当練り込まれた計画書だというのはわかる。この人で決まりだ、と大輔は確信を抱いた。

「ぜひ、私たちの方で出資を……」

そう大輔が問を詰めたとき、

「先ほどのシェア店舗のアイデア、見事でした」

突然何者かが割り込んできた。その声の主を見て、大輔は顔を歪めた。雅敏だった。

「私、一成キャピタルの大石雅敏と申します」

名刺を差し出すや否や、雅敏が提示した。

「五千万出資したいと考えていますが、いかがでしょうか？」

「ごっ、五千万ですか！」

彼が仰天の声を上げ、大輔も啞然とした。そんな高額出資を、こんなわずかな間で決めたのか……。

「もっ、もちろんです。ぜひ」

「ではあちらの方でお話を」

雅敏が彼を連れていく。にやりと嘲笑するように大輔を一瞥《いちべつ》して……こいつ、またこんな嫌がらせを、と大輔は怒りで悶絶《もんぜつ》しそうになる。

そこに凜があらわれる。

「今のって、もしかして一成キャピタルにやられたの？」

大輔が肩を落とす。

「……すみません。五千万出資するって」

「ごっ、五千万円」

さすがの凜も驚きを隠せないようだ。

「まずいわね。今後も資金力にものを言わせてあんな調子でやられたら……」

「何がまずいの？」

急な声にびっくりして反応すると、そこに賢飛が立っていた。旨そうにどら焼きを食べている。

凜が気色ばんだ。

「何してるんですか、こんなに遅れてやって来て」

「悪い、悪い。これ評判のどら焼きでさあ、並んでたら遅くなっちった」

「おい、今田賢飛がいるぞ」と周りから声が聞こえる。さすが、業界の風雲児と言われるだけのことはある。

そんな注目も素知らぬ顔で、賢飛が続ける。

「で、何がまずいの、凜」

「何がって、一成銀行がベンチャーキャピタルの世界に乗り込んできたんですよ」

「ああ、なるほど。それでこんなに人が多いのか」

賢飛も知っていた様子だ。

「何を呑気《のんき》にしてるんですか。どう考えてもまずいじゃないですか。しかも、うちともろかぶりのシード投資をやるって言ってるんですよ」

声を乱す凜に、賢飛が失笑した。

「どこがまずいんだよ。あんなもんに五千万も出すような馬鹿なんて敵になるわけないじゃん」

「まあ確かに馬鹿ですけど、あいつ、一成銀行の大石勇作の息子らしいですよ」

「大石勇作の息子ね……」

賢飛の笑みが深まるが、それより大輔には気になることがある。

「賢飛さん……あのビジネス、うまくいきそうだと思ったんですが……」

「おまえ、わかってんのか」

賢飛が急に険しい顔になった。

「……何がでしょうか？」

そんな顔の賢飛を見たことがないのか、凜の表情も強張った。

賢飛が鋭い声で言った。

「おまえの投資は、おまえの借金になるんだぞ。本気であんなシェア店舗ビジネスがうまく行くと思ってんのか。もしミスったら、洋輔やしずくを路頭に迷わせることになるんだぞ」

どくんと心臓が跳ね上がる。体中から血の気が引き、膝が震え出す。

「数千万単位の金ってのは、大輔の稼ぎだと十年以上だ。おまえが汗だくになって働いて、血の滲む思いで稼いだ十年を、あんなビジネスに賭けられるのか？」

その問いかけが、大輔の芯を切り刻む。賢飛の言うとおりだ……そんな大金を、自分が借金をして出資するのだ。そのことを鮮明に想像できていなかった。

「いいか、金ってのは命だ。俺たちベンチャーキャピタルは、人様からそんな命を預かって起業家に賭けるんだ。もっと真剣に、もっと本気で出資先を選べ」

「……すみません」

そう大輔が身を縮め、凜も神妙に聞き入っている。

「反省したんなら頼み聞いてくれるよね」

賢飛が声と表情を元に戻した。

「……はい」

「ちょっと来て」

賢飛に連れられた先には、まわし姿の男がいた。さっき壇上でプレゼンをしていた、ＳＳの白山十一だ。まだまわし姿のままだ。

他の起業家の周りには人がいるが、十一の周りには誰もいない。当然だ。十一のプランに興味を示す者などいるわけがない。

「ねえねえ、相撲の君」

誰も話しかけない十一に、あの今田賢飛が語りかけた……その様子を周りの人間が窺う。

「なんでしょうか？」

「君さあ、本当に相撲強いの？」

「強いです」

かちんときたように十一が応じると、賢飛が大輔を指さした。

「じゃあ、ちょっとこいつと勝負してくれない？」

大輔はたまげる。

「えっ、俺が相撲取るんですか」

「自信ないの？」

「いや、それはありますけど」

肉体労働で鍛えてきたので腕力には自信がある。前の職場でも遊びで相撲を取ったことはあるが、大輔はかなり強い方だった。

「いいですよ。やりましょう」

十一が了承した。

「さあさあ、みんな相撲だよ。相撲やるよ。集まった、集まった」

賢飛が呼びかけたので、人がわらわらと集まってくる。焼き肉屋でもそうだったが、こうしてなんでも派手にしたがるのが好きみたいだ。

賢飛が大輔に耳打ちした。

「この相撲で勝ったら社員にしてやる」

「本当ですか！」

「うん。だから真剣にやれよ」

ぽんぽんと賢飛が大輔の肩を叩く。遊びでやるつもりだったが、急に人生を左右する大勝負になってしまった。

賢飛は凛に行司をやれと命じ、「なんで私が……」とぶつぶつ言いながらも凛が引き受ける。美女が行司役をやるので、また人が増えてきた。商談そっちのけで来る人もいるのか、ちょっとした騒動になった。

十一がプレゼン用に予備のまわしを持ってきていたので、大輔はズボンの上からそれを着用した。

改めて十一を観察する。学生相撲のチャンピオンと言っていたが、やはり大輔に比べて体は小さい。本気でやれば負けることはない。大輔はそう踏んだ。

十一が背丈の倍はある筒状のものを担いで来る。

「マットです。SSは土俵ではなくマットの上でやります。今回のこれは、あくまでプレゼン用ですが」

確かにこれなら、ある程度の場所があればできる。

お互いが正面に立ち、腰を落として仕切りの構えを取る。技の勝負になったら不利だ。力で一気に押し切る。

「はっきょい、のこった」

凛の声と同時に、大輔は十一との距離を詰めた。まわしをとって一息に力を込める。

だがそこで信じられないことが起きた。

びくともしない。まるで巨大な岩を押しているみたいだ。渾身《こんしん》の力で押しても、十一は微動だにしない。

すると十一が自ら動いた。大輔には忽然《こつぜん》とその姿が消えたように感じた。気づけば天井が見え、背中に強い衝撃が走った。肺が潰されたように一瞬息が止まる。

歓声が上がる。いつの間にか投げられていたのだ。

「大丈夫ですか」

十一が手を差し伸べ、起こしてくれる。今一つ何が起こったのかわからないまま立ち上がった。頭が混乱している。突然世界がひっくり返った気分だ。

「おおっ、すっげえ強《つえ》え」

賢飛が大はしゃぎすると、そこでみんなが拍手をする。十一は頭を下げてそれに応えていた。

「いやあ、相撲であんな早技見たことないよ」

感心する賢飛に、十一が落ちつき払って言う。

「軽量級なんでスピードは大相撲と比べものになりません。それに素人の方が相手だったんで」

素人呼ばわりされても、悔しさなど微塵も湧かない。それほどの実力差だった。

賢飛が指を鳴らした。

「よしっ、君に二千万円、出資する」

さらりと賢飛が言うと、大輔はぎょっとした。突然の申し出に十一もぽかんとしているが、すぐに賢飛の手をとって握りしめた。

「あっ、ありがとうございます」

深く頭を下げたあと、着替えてくると言って十一が立ち去ると、大輔は勢い込んで確認する。

「賢飛さん、あのSSに出資するんですか」

「そうだよ。あっ、これは俺の案件だからな。大輔はダメね。俺のもんだから」

「……それはいいですけど、軽量級の相撲なんてビジネスになるんですか。現に誰も彼に興味を示さなかったですけど」

凜が割って入った。

「私も同感です。力士のような大男が戦うから面白いんであって、どこにでもいるような人同士が相撲を取っても人気なんか出ませんよ。それにスポーツビジネスは参入が極めて難しい分野です」

賢飛がふき出した。

「何言ってんだよ。十一が大輔を投げ飛ばしたとき、興奮して飛び上がってたじゃねえか」

「いや、それは……」

凜が恥ずかしそうに言葉を詰まらせ、賢飛が嘆くように言う。

「ほんと、二人とも頭が固いな。全員がダメだと思ってるから投資するんだよ」

大輔は、まったく意味がわからない。

「……どういうことですか?」

「百人中百人がいけそうなんて思うビジネスはぜんぜんダメ」

「なぜですか？　たくさんの人がいいと思うものは、将来性のあるビジネスってことなんじゃないんですか」

「違う。全員がいけるって思った時点で、それは常識の範疇《はんちゅう》にあるビジネスってことなんだよ。歴史をひっくり返すようなビジネスってのは、誰もが無理だって見向きもしなかったものなんだよ」

「そうなんですか？」

「そうだよ。スマホを誰もが持ち歩く時代が来るって、二十年前に誰が思ったんだよ。それを最初に言い出したやつは変人扱いされただろ。でもその起業家が作った会社のスマホを、俺もおまえも、みんな持っている」

最新式のスマホを取り出して、賢飛が得意がる。確かに当時の非常識が、今は常識になっている。

「だいたいビジネスのアイデアなんてどうでもいいの」

またおかしなことを言い出した。

「……ビジネスってアイデアが一番大事なんじゃないんですか」

賢飛が首を振る。

「違《ちげ》えよ。アイデアは二の次、三の次、大事なのは人だよ、人。俺たちはアイデアや技術に投資するんじゃなくて、人に投資すんの」

「人に投資する……」

言葉が心に沁みるのがわかった。これは、投資の核心だ。大輔は直感でそう感じた。

「大輔、さっきのシェア店舗ビジネスに投資しようとしてたな」

「ええ」

「アイデア自体は別に悪くはない。視点もいい」

「じゃあなぜダメなんですか?」

「起業というのはピンチの連続だ。そういう困難にぶつかったとき、あいつは間違いなく逃げ出す。ケツをまくる。そんな目をしてやがった」

大輔は彼の顔を思い返した。確かにプレゼンは淀みなく、受け答えも明確だった。でも言われてみれば、そこに強い意志のようなものは感じなかった。

「だがあの白山十一ってやつは本物だ。体の小さな人間でも相撲のプロとして活躍できる世界を作りたい。そう本気で考えている」

「どうしてそんなのがわかるんですか?」

「あの体つきと技のキレを見ろよ。生半可な練習量であんなことができるか。種目は違うがおまえも剣道経験者だったらわかるだろ」

「はい……」

あんな神業を身につけるためには、一体どれだけの修練を積めばいいのだろうか。

「体が小さくても、あいつは相撲に人生すべてを賭けている。だからどんなことがあってもへこたれない。石にかじりつき、歯が折れても絶対にやり遂げる。そういう人間だったら俺は命である金を投資できる。

いいか、順番を間違えるな。俺たちベンチャーキャピタリストはアイデアや技術に投資するんじゃない。人に投資するんだ」

「……ありがとうございます。勉強になりました」

大輔は心から礼を言った。賢飛が、満足そうに微笑んだ。

これだけ大勢の投資家がいる中で、唯一賢飛だけが白山十一の意志の強さを、相撲に賭ける灼熱の想いを見抜いた。

今田賢飛という男の力を大輔は今、肌で感じることができた。この人は本物だ。この人ならば、この今田賢飛という男にならば、俺はついていける。

そのときだ。周りのざわめきが急に大きくなった。さっきの相撲の興奮とは種類が違うものだ。空気の質感が変わる。

人々が向けているその視線を追って、大輔は戦慄した。

見覚えのある雅敏がいたが、それに驚いたのではない。その先頭にいた男に驚愕したのだ。

雅敏の父である大石勇作だった。

もちろん大輔はその顔を知っているが、実物を見るのははじめてだ。

白髪をオールバックにして、ダークグレーのスーツを着ている。一分の隙もない格好だ。

異様なほど眼光が鋭く、口を真一文字に結んでいる。あらゆる人間を支配し、意のままに動かせる。その表情がそう物語っている。この威厳と風格で、全員の心を制圧したのだ。

大石勇作──。

勇作は当初一成銀行の行員ではなく、ある地方銀行の一行員だった。今日潰れる明日潰れると揶揄《やゆ》されるほど小さな銀行だった。そんな銀行の田舎町の支店から、勇作は銀行員としてのキャリアをスタートさせた。それが奇跡のはじまりだった。

勇作は若手行員ながらトップの営業成績を叩き出し、その支店に金をかき集めた。地元経済の有力者達や地域住民が、勇作が言うならばと大切なお金を預け出したのだ。老人達がたんす預金を持って銀行に行列を作ったという逸話も残っている。若い頃から勇作には人を魅了する力があった。

勇作はあっという間に本店に異動し、そこでも支店と同様の現象が起こった。そして勇作の力が波及するように、その銀行の勢いに火がついた。倒産間近で大手に吸収されるだろうと思われていた銀行は、経営を立て直すことに成功したのだ。きっかけは、一介の行員である勇作だった。その経歴が認められ、勇作は一成銀行に転職した。しかも配属先は本店だった。勇作の驚異の業績を、一成銀行の人事部は高く評価したのだ。

とはいえ一成銀行は、日本最大のメガバンクだ。本店では、エリート中のエリート達が血みどろの出世争いをくり広げている。その競争は、田舎の地方銀行などとは比べものにならない。しかも勇作には学閥も後ろ盾も何もないのだ。

だが勇作の快進撃は止まるどころか加速した。順調に出世し、とうとう頭取の地位にまで登り詰めてしまった。

弱小地方銀行の一支店の行員が、日本最大規模の銀行の頂点を極める。一成銀行の歴史はおろか、他の企業でも前例のない出世を勇作は果たしたのだ。

今では政財界に太いパイプを作り、確固たる地位を築いている。全国紙や経済誌などでも特集を組まれる、立志伝中の人物だ。

勇作と大輔がなんの関係もなければ、日本にも凄い人がいるものだと感心するだけで終わったのだろう。

ただ勇作は、あの大石雅敏の父親なのだ。雅敏の傍若無人な振る舞いは、勇作のせいだ。勇作がそれを許しているから、雅敏はあんな横暴な人間になったのだ。

母親の理恵があんな目に遭い、大輔が高校を中退したのは、元を辿れば勇作が原因なのだ。雅敏と勇作は、大輔にとって親の敵と言ってもいい憎むべき相手だ。

だがその激しい怒りをかき消すように、恐怖の感情が押し寄せてくる。逆らえば何をされるかわからない。視線だけで人を殺せそうだ。それほど勇作の威圧感は計り知れなかった。

一成銀行の頭取があらわれたことに、周りも戸惑っている。

「いやあ、頭取が視察とは感心ですね。はじめまして、あかぼしキャピタルの今田賢飛です」

なんの緊張感もなく、突然賢飛が話しかけた。

ベンチャービジネスの風雲児と、日本経済界の大物が対峙《たいじ》している……その光景に周囲の緊迫感が増した。

「一成銀行さんもベンチャーキャピタルに参入されるそうですが、やめておいた方がいいですよ。無謀だ」

大輔はぎくりとした。まさか、賢飛はあの大石勇作に喧嘩を売ろうとしているのか？

「ほうっ、無謀」

勇作がそこで口を開いた。聞いた者すべてを強制的に従わせる。そんな声音だった。

「ええ、石橋を叩いて渡る銀行業とベンチャー投資はまるで違う」

「同じ金融業です。違いなどないと私は思っています」

「現にお宅のバカが、どうしようもない起業家に先ほど大金をつっ込んでましたが」

賢飛の指さした先には、勇作の後ろに控える雅敏がいる。

「なんだと、おまえさっきからふざけんなよ」

喧嘩腰になる雅敏を、勇作が目で制した。その瞬間、雅敏はすぐにおとなしくなる。その姿を見て、大輔は衝撃を受けた。あの雅敏が、勇作の一睨みでこうなるのか……。

勇作が丁重に頭を下げた。

「うちの部下が失礼をした。申し訳ない」

「いえいえ、頭取も苦労しますね。子供が馬鹿だと親の気苦労が絶えない」

からかうように賢飛が言うと、雅敏の目に殺気が走る。ただ、賢飛はてんで眼中にない。

「私は、優秀だと思っているのですがな」

表情を変えずに勇作が返し、賢飛が朗らかに応じる。

「頭取、かなり視力が落ちておられる。私、いい眼鏡屋を知っているので、ご紹介しますよ。ここにご連絡ください」

賢飛が名刺を差し出すと勇作が受け取り、それを胸ポケットに入れた。

「ご丁寧にどうも。ただ一つ忠告させていただいてよろしいか？」

「もちろん」

その瞬間、勇作の声が深く沈んだ。

「それ以上のぼせ上がるな。おまえを潰すなど造作もないことだ」

かなり小声だったので周りには聞こえなかったが、大輔の耳には入った。内臓をねじ切り、血を凍りつかせる……そんな身震いするような声音だった。

「ご忠告ありがとうございます。大石頭取」

平然と、賢飛が屈託のない笑みで返す。この人には神経がないのだろうか。

勇作が立ち去ると、雅敏達が慌てて後を追っていく。その際、しっかりと大輔と賢飛を睨みつけていた。

即座に凜が注意する。

「何やってるんですか、今田さん。大石勇作に喧嘩なんかふっかけて」

「宣戦布告は派手にやった方がいいじゃん」

けろりとした感じで賢飛が言い、凜はうなだれた。また凜の悩みの種が増え、満開の花を咲かせそうだ。

「ひとつ訂正するよ」

賢飛が続けた。

「敵にならないって言ったけど違ってた。大石勇作、ありゃほんとに怪物だ。本気で日本のベンチャーを変えるつもりだわ。まさに黒船襲来だ」

その真に迫った声に、大輔は寒気がした。

「うち、大丈夫なんですか……」

「どうだろうね？　思いっきり喧嘩売っちゃったしね。でも、これだけは覚えといて」

賢飛が不敵な笑みを浮かべた。

「何をですか？」

「俺も怪物だから」

のんびりしたその響きの内側に、鉄塊のような自信が垣間見えた。

そうだ。こちら側には今田賢飛がいるのだ。

「大輔、あんな馬鹿息子に負けんなよ。あいつより先に、イグジットしてみせろ」

「はい。わかりました」

大石雅敏に大石勇作……自分の人生にはこの二人が必ずつきまとう。これを超えないと貧乏からは抜け出せない。ならば立ち向かうのみだ。

大輔は、腹に力を込めた。

4

「兄ちゃん、おはよう」

あくび混じりにしずくが声をかけてくる。「おう、おはよう」と大輔はフライパンを手に応じる。今日の朝食はフレンチトーストだ。その隣では洋輔がサラダとスープを作ってくれている。

「しずく、みんな起こしてきてくれ」

「うん。わかった」

しずくが下の階に降りている間に、大輔と洋輔で全員分の朝食をテーブルに並べる。真ん中にコンセントがたくさんある、広々としたテーブルだ。打ち合わせにも使える。

しずくを先頭にみんながあらわれた。白山十一、苗山時子《なえやまときこ》、永澤龍太郎《ながさわりゅうたろう》だ。みんな遅くまで

郵 便 は が き

料金受取人払郵便

牛込局承認

7395

差出有効期間
2023年6月
1日まで

162－8790

新宿区東五軒町3－28
㈱双葉社
文芸出版部 行

ご住所	〒		
お名前	（フリガナ）	☎	
		男・女　　　歳	既婚・未婚
職業	【学生・会社員・公務員・団体職員・自営業・自由業・主婦（夫）・無職・その他】		

ご購読ありがとうございます。下記の項目についてお答えください。
ご記入いただきましたアンケートの内容は、よりよい本づくりの参考とさせていただきます。その他の目的では使用いたしません。また第三者には開示いたしませんので、ご協力をお願いいたします。

書名（　　　　　　　　　　　　　　　　　　　　　　　　　　　　）

●本書をお読みになってのご意見・ご感想をお書き下さい。

※お書き頂いたご意見・ご感想を本書の帯、広告等（文庫化の時を含む）に掲載してもよろしいですか？
1. はい　　2. いいえ　　3. 事前に連絡してほしい　　4. 名前を掲載しなければよい

●ご購入の動機は？
1. 著者の作品が好きなので　　2. タイトルにひかれて　　3. 装丁にひかれて
4. 帯にひかれて　　5. 書評・紹介記事を読んで　　6. 作品のテーマに興味があったので
7.「小説推理」の連載を読んでいたので　　8. 新聞・雑誌広告（　　　　　　　　　）

●本書の定価についてどう思いますか？
1. 高い　　2. 安い　　3. 妥当

●好きな作家を挙げてください。
（　　　　　　　　　　　　　　　　　　　　　　　　　　　　）

●最近読んで特に面白かった本のタイトルをお書き下さい。
（　　　　　　　　　　　　　　　　　　　　　　　　　　　　）

●定期購読新聞および定期購読雑誌をお教えください。
（　　　　　　　　　　　　　　　　　　　　　　　　　　　　）

仕事をしていたので眠そうだが、朝食をきちんと食べるのが、このマンションの決まりだ。

全員で食事をはじめると、十一が絶賛する。

「旨い。大輔君はほんと料理が上手だな」

「ありがとうございます」

朝から元気な人だ。洋輔がねだる。

「十一さん、また相撲教えてよ」

「ああ、いいぞ。洋輔は筋がいい。SSの戦士として活躍できるな」

十一が意気揚々と言うと、今度はしずくが口を開いた。

「時子さん、前の蚕《かいこ》バーガーおいしかったね。てりやきと相性バッチリ」

時子が顔を輝かせる。

「でしょ。あんなにおいしいのに、蚕が虫ってだけで嫌がる馬鹿が多いのよ」

そう大輔を睨んでくるので、大輔は気まずそうに顔を逸らした。

空気を入れ換えるように、洋輔が手を叩いた。

「あの蚕バーガーに、龍太郎さんの家の牛乳って合うんじゃない」

「ありかもな」

龍太郎が静かに頷く。洋輔としずくがみんなの間を取り持ってくれるので、大輔も助かっている。

大輔達が屋上の小屋からここに移り住んで三ヶ月が経った。

渋谷にある、あかぼしキャピタル所有のマンションだ。賢飛が出資した起業家達が仕事をしたり、寝泊まりをしている。

シリコンバレーではこのような起業家の拠点となる場所があちこちにあるそうだ。賢飛はそれを渋谷で再現している。

大輔達もここに住め、と賢飛に命じられた。起業家という生き物がどういうものか肌で感じろ。そういう意図だと大輔は解釈している。

給料は相変わらずなかったが、家賃も無料だった。食費や最低限の生活費は賢飛個人からもらっている。

洋輔もしずくも、この暮らしにすぐになじんだ。渋谷に住めるとあって、しずくは大喜びしていた。

白山十一は、この前のピッチで賢飛から活動資金を得た。今は軽量級相撲、SSのためのスポンサー集めをしているが、かなり苦戦しているようだ。

永澤龍太郎はドローンの専門家で、ドローンビジネスを計画している。ドローンは将来性がありり有望に見えるが、龍太郎は牛乳配達専門のドローンを開発している。

龍太郎の実家は酪農家だそうで、ドローンならば新鮮な牛乳を配達できると閃《ひらめ》いたそうだ。龍太郎は有能な技術者で、正直牛乳以外のものを運んだ方がビジネス的には良さそうだが、牛乳配達に固執している。

そして苗山時子のビジネスは蚕だ。シルクフードという、蚕を食品として提供するビジネスを手がけている。時子は山育ちで周囲には養蚕農家が多く、幼少の頃から蚕になじみがあったそうだ。

大輔は知らなかったが、今、昆虫食が注目されている。昆虫はタンパク質が豊富で、栄養価も高い。しかも環境に優しいので、未来の食材として期待されている。

以前しずくが賢飛にコオロギせんべいを買ってきた際、賢飛はしずくを褒めていた。あとでわかったことだが、賢飛はすでに時子に投資するほど昆虫食に可能性を見出し、この業界の情報に精通していた。

ベンチャーキャピタリストに必要なのは、どんなものでも好奇心を持つことだ。大輔はそう賢飛から教えられた気分だった。といっても昆虫は苦手だが……。

十一、龍太郎、時子、この三人に共通するのは、とにかく自分のやっているビジネスが好きで好きでならないということだ。相撲、牛乳、蚕に激しい情熱を持っている。

人に投資する……賢飛はそう言っていたが、彼らの情熱に投資したのだろう。ここでの暮らしで、それをだんだんと理解してきた。

洋輔としずくが学校に行くのを見送ると、大輔は会社に向かった。

凜がすでに出社している。相変わらず綺麗で見惚れそうになるが、仕事仲間にそんな感情を抱くことは厳禁だ。

気を入れ直して起業家達の様子を凜に報告する。

「なるほど。シルクフードは順調そうね。来月には表参道に店も出せることになったし、次のシリーズの出資先も募れるでしょ。ドローンの方は時間がかかるとして、問題はＳＳかあ」

「そうですね。十一さんもいろんな企業を回ってるみたいですけど」

「ただ新しい格闘技を立ち上げるだけじゃ弱いわね。ちょっと調べてきたんだけど」

パソコンを立ち上げ、凜が資料を見せてくる。

プロレスの格闘技団体のＹｏｕＴｕｂｅチャンネルが世界的に人気なので、ＳＳもＹｏｕＴｕｂｅチャンネルを立ち上げる。相撲は短い時間で決着がつくので、ネット動画と相性がいいはず。しかも相撲は世界でも知られていて、格闘技は言語に関係なく楽しめる。しかも相撲は圧倒的にルールがわかりやすい。つまり世界向けのコンテンツにできる。

ゆくゆくは世界各国の対抗戦にもできる。オリンピックでもワールドカップでも、国対国の試合が盛り上がることは証明されている。

それぞれの国から横綱がでれば、確実に盛り上がる。相撲は平らな地面さえあれば誰でもどこでもできるのがメリットだ。それに軽量級の相撲ならば参加人数も桁違いに多い。どの格闘技よりも参入障壁が低いことがメリットだ。

スポンサー集めの資料には、もっとこんな要素も加えていこうと凜が提案する。

ベンチャーキャピタルには各社いろんなやり方があるが、あかぼしキャピタルではビジネスのアイデアも一緒に考える。起業家と二人三脚でビジネスを作り上げるのだ。

「大相撲は伝統があることで、かえって派手で斬新なことはできなそうですもんね」

「スポンサー探しは、ゲームメーカーにあたったらどうかしら。格闘ゲームを作っているメーカーとか。日本の格ゲーは有名だし」

「どうしてですか？」

「ＳＳの試合を格闘ゲーム風の画面っぽく加工したらどうかなって。リアルとゲームが混ざったような感じで。ゲームメーカーとしても自社の製品を宣伝できるからメリットはあるわ」

「なるほど。それいいですね」

大輔は思わず唸った。

「風林さん、さすがですね。そこまで考えてるなんて」

「まあねって言いたいけど、今田さんの思考を追ってみただけよ」

「どういうことですか？」

「あの人って投資判断がいつも一瞬で、こっちは何がなんだかわからないんだけど、あとあと考えると今までにないビジネスだったりするのよ。

たぶん十一さんを見た瞬間、私が今言ったことをすべて考えたんじゃないかしら。今田さん、最近格闘ゲームにも凝ってたじゃない。アナログとデジタルを組み合わせるのも、あの人の得意技だから。あの大勢の投資家の中でただ一人だけ、SSの将来性を見抜いているのよ」

そういえば賢飛の最初のビジネスは、SNSと写真アルバムの組み合わせだ。

即断即決かも知れないが、賢飛の直感にはこれまでの豊富なビジネスの知識の裏付けがあるのだ。凜のように賢飛の思考を深く読めるようになれば、ベンチャーキャピタリストとして成長できる。大輔はそんな確信を抱いた。

凜が話題を変えた。

「そうそう、一成キャピタルが次々と投資しているそうよ」

「……それは知っています」

有望な投資先を探しているのだが、めぼしいところは一成キャピタルが先取りしていた。

「どうにかしないと、一生ただ働きよ」

「……なんとかします」

大輔は焦っていた。


「じゃあ行くか」

賢飛があらわれ、大輔に声をかける。「いってらっしゃい」と凜が上機嫌に言うと、賢飛がそれに気づいた。

「あれっ、凜。ずいぶん嬉しそうだな」

「だってもう自転車乗らなくていいですもん。あー嬉しい」

都内の移動は自転車が早いと、賢飛は自転車を使う。だからあかぼしキャピタルの社員は、それぞれが専用の自転車を支給される。

これまでは賢飛に同行するのは凜の役目だったが、今は大輔だ。

賢飛の後ろを大輔がついていくが、一時も気が抜けない。というのも賢飛がすぐに寄り道をするからだ。

またいつものようにどこかの店に立ち寄る。

「ここ、ここ。最近、できたカツサンドの専門店なんだよ。めちゃくちゃいけるんだぜ」

「……はあ」

この人の頭の中にはグルメ情報しかないのだろうか。こんな風にあちこちの店に寄るので、自転車移動でないとダメなのだ。

賢飛が出資している企業の取締役会に出席する。賢飛はここの取締役だ。

ただ、みんなの表情は沈んでいる。無理もない。今この企業は業績が悪化している上に、満を持してリリースしたアプリのダウンロード数も惨憺《さんたん》たるものだ。上場どころか、倒産寸前の危機を迎えている。

代表取締役の三橋《みつはし》の姿を見て、大輔は息を呑んだ。目が落ちくぼみ、頬がこけている。髪と肌に艶もなく、口端のしわの陰影も濃くなっている。ここ最近笑っていない証拠だ。

苦境に立たされた起業家は、これほど悩み苦しむものなのか……自分だったらとても耐えられそうにない。三橋には申し訳ないが、起業家にならなくてよかったと心の底から思う。

取締役会がはじまるが、どの報告も耳が痛いものばかりだ。三橋の表情が、底なし沼に入ったようにどんどん沈んで行く。

会議も終盤になり、三橋が力なく尋ねた。

「今田さん……」

「うん、何?」

賢飛は会議中一言も口を利いていなかった。

「……何か助言のようなものをいただけませんか」

まるで藁《わら》にでもすがるような口ぶりだ。

「助言？　そんなのいる？　必要ないじゃん」

投げやりなその態度に、大輔は少し腹を立てた。三橋の苦境を目の当たりにして、この人はなんとも思わないのか。

大輔と同様の心境なのか、さすがの三橋も苛立つように声を乱した。

「……どうしてですか」

「だって俺、三橋信じてるし、みんなならなんとかするでしょ。大丈夫だよ。きっとうまくいく」

あっけらかんと言う賢飛に、三橋はぽかんとする。他の面々も啞然としていた。

適当すぎる励ましだが、大輔は不思議なほど胸が温かくなった。この場に、この会社の人間に、そして何より三橋が一番欲していた言葉を、賢飛がぽんと与えた。大輔にはそう感じられた。

すると、三橋が思わずといった感じで笑いはじめた。この会議ではじめて起こる笑い声だった。

賢飛が勢いよく手を叩いた。

「そんなことより、さっきめちゃくちゃ旨いカツサンド買ってきたんだ。みんなで食べようぜ。大輔」

「はっ、はい」

大輔はカツサンドを順に配っていく。

三橋も笑顔でカツサンドを受け取る。

全員で食べると、みんなの表情が柔らかくなった。先ほどの険悪な空気が嘘みたいだ。

三橋が頰張ったままで言う。

「今田さん、これ旨いですね。俺、ここ最近胃が食べ物を受けつけなかったんですけど、これならめちゃくちゃ食べられます」

「だろっ」

賢飛が笑いながら三橋の背中を叩いた。

会議が終わり、賢飛と共に社を出る。何か具体的な対策案が出たわけでもないのに、三橋達は元気を取り戻していた。

大輔は賢飛に話しかける。

「賢飛さん、食べ物って大事なんですね」

賢飛が軽快に眉を上げる。

「おっ、わかってきたじゃん。そうそう、ベンチャーキャピタリストの大事な仕事の一つは、常に旨い店の情報を仕入れとくこと」

「わかりました」

それと一度投資した起業家を、最後まで信頼することだな。大輔は心の中で付け足した。賢飛が自分を信じてくれている。その想いが、三橋を奮い立たせたのだ。

「それで、起業家は見つかったの？」

「……すみません。それがまだ」

「おいおい、何やってんの。三ヶ月経つぜ」

「……すみません」

すると賢飛が閃いたように言った。

「なるほど、なるほど、大輔はそっちタイプか。締め切りがないとやる気が出ないタイプね。じゃあ期限を作ろう。あと一ヶ月ね。一ヶ月以内に自分が借金して出資してもいいっていう起業家見つけてきて」

「いっ、一ヶ月！」

仰天の声を上げる大輔に、賢飛が愉快そうに頷く。

「うん。一ヶ月経ってダメだったら、弟子クビね。あのマンションからも追い出すから」

笑顔でなんて残酷なことを言うんだ……。

「冗談じゃないからね。俺、こういうのに冗談はないから」

顔は笑っているが、目が笑っていない。この人は本気でやると大輔は震え上がった。

「といって適当な相手に出資したら、あとで地獄を見るのは大輔自身だからね。だから自分が信頼できる相手を選びなよ」

「信頼できる相手ですか……」

果たしてそんな起業家がいるのだろうか……大輔は暗澹《あんたん》たる気持ちになった。

5

「はあ……」

大輔は地べたに座り込んでいた。

あれから二週間が経ったが、なんの進展もない。自分の借金で出資しなければならないので、もしその起業家が失敗したらと思うと、怖くて声もかけられない。

ベンチャーキャピタリストは人に投資する。それは理解できたが、肝心のその人が見つからない。自分の人生、いや、自分だけではない、洋輔やしずくの人生も含まれている。そんな大事なものを託せる人間などあと二週間であらわれるのか……強烈な不安で吐き気がした。

そこへ一台の大型のバンがやって来た。その車の横面には、『おにぎり屋土田』と書かれている。

「おうっ、大輔、いたのかよ」

車が止まると、中から一人の男が出てきた。

エプロン姿で背が高く、顔が日焼けでまっ黒だ。喧嘩が強そうで、いかにも昔はやんちゃしてましたという感じだ。ただその目は、雲一つない青空のように澄んでいる。

男の名は土田翔太《つちだしょうた》で、新潟の米農家だ。農閑期の間はこうして東京でおにぎりの販売をしている。

大輔は一ヶ月ほど前にこの店を知り、ここのおにぎりの虜《とりこ》になった。今まで食べていたおにぎりがなんだったのかと思うくらい、翔太のおにぎりは格別に旨いのだ。

翔太とは少しずつ話すようになり、今ではお互いの名前も知っている。

「なんだ。元気なさそうじゃねえか」

「……ちょっと仕事で」

言葉少なく大輔が応じると、翔太が手を打った。

「よしっ、じゃあ特別にいいものやろう。里美《さとみ》」

そう呼びかけると、窓から一人の女性が顔を出した。翔太と同じくかなり日に焼けている。二重の大きな目が、星空の絨毯《じゅうたん》のようにきらめいていた。童顔なので、なんだか異国の少女があらわれたみたいだ。

彼女は翔太の妻で、二人で米農家を営んでいるそうだ。

「里美、シンマイ使うからな」

「えっ、シンマイ使うの！　もったいない」

驚く里美を無視して、翔太がシンクで手を洗っている。シンマイという言葉が、大輔にはよくわからない。

「大輔に食べさせてやるんだよ」

そう翔太が応じると、里美が大輔の方を見る。そのまっすぐな瞳を見て、大輔はどきりとした。里美は何かを感じ取ったように、仕方なさそうに肩の力を抜いた。

「……まあ、食べた方が良さそうな感じね」

どういう意味なのかわからないが、「ありがとうございます」と大輔は礼を言った。

準備して待っておけと翔太に命じられたので、大輔は椅子とテーブルを設置した。

椅子に座ると同時に移動車から翔太が出てくる。手にしたお盆には俵型のおにぎりが載っていた。その佇《たたず》まいだけで生唾が込み上げてくる。

ただ、いつもここで食べているおにぎりと外見はまるで同じだ。

「大輔、食べてみろよ」

翔太が促し、大輔は訝《いぶか》りながらも一口食べる。その瞬間、口の中で米の旨味が弾けた。な、何だ、これは……。

もちろんここのおにぎりは、他のおにぎりと比べてとびきり旨い。はじめて翔太のおにぎりを食べたとき、今後他のおにぎりが食べられるかどうか不安になったほどだ。

だがそのおにぎりの旨さを、これははるかに上回ってきた。

米の一粒一粒が力と意志を持ち、大輔をもてなしてくれている。歯が米粒に触れるや否や、もう口が次の米粒を欲している。

甘み、食感、弾力、すべての要素が異次元だ。これが本当に米なのか。何か未知の食べものなのではないか。そう疑いたくなるほどだ。

そして米が胃に入るたびに、活力がみなぎってくる。疲弊して乾ききっていた心に、水が注がれてくるみたいだ。

翔太が尋ねる。

「どうだ。旨いか」

「旨いです！　旨すぎます！」

感動で大声になり、翔太がからからと笑った。

「だろ。何せシンマイだからよ」

「シンマイってなんですか？」

「神の米って書いて、シンマイだ。俺が作ってる日本一の米だ」

神米でシンマイ……その名前になんの偽りもない。この世のものとは思えない米だ。

ふと気づくと、里美がテーブルの上に漬物と味噌汁を置いてくれた。

「はい、どうぞ。シンマイのおにぎりとこれ食べたら元気出るから」

「ありがとうございます」

恐縮する大輔に、翔太がからかうように言う。

「そうそう、こいつも男にふられて落ち込んでいたとき、このおにぎり食べて元気になったんだよ」

「またそんな昔のこと持ち出して」

里美が翔太を睨むと、翔太は肩をすくめた。仲のいい夫婦だ。

翔太は得意げに説明をする。これは名人と呼ばれた翔太の祖父が作っていた米で、今は翔太がその農法を引き継いでいる。農薬を一切使わない有機農法で作られた米だそうだ。シンマイは収穫量が少ないので、めったに出さないとのことだ。

翔太が身を乗り出して訊いた。

「大輔、米作りの一番の敵って何かわかるか？」

「敵ですか。さあ？」

「それはな、雑草だ」

大輔は首をひねった。

「雑草は最大の敵、ほんとラスボスだ。それを少なくするために普通は農薬を使うんだけどよ、無農薬の有機農法じゃそれができねえ。だから俺たちは必死で工夫して雑草を減らすんだ」

翔太が熱弁を振るって説明をしてくれる。普段食べている米なのに、大輔の知らないことばかりだ。

大輔は感嘆の声を漏らした。

「米ってそんなに奥深いんですね」

「おうよ。たかが米、されど米ってな。でも奥深いのは米だけじゃねえよ」

「どういうことですか？」

「人が作り出したものにはなんでも、工夫と情熱が込められてるんだよ。俺たちはただそれを知らねえだけだ。俺もさ、米作りをするようになってそれがわかってきたんだ」

「……そうかもしれませんね」

何か大切なことを教えてもらった気がする。

シンマイのおかげで、体も心も回復できた。おにぎり一つにこんな効果があるなんて。大輔はつい翔太に尋ねた。

「翔太さん、本当に信頼できる人ってどう探したらいいと思いますか？」

今のこの苦境を抜け出すヒントのようなものが欲しい。

「なんだよ。やぶからぼうによ」

「いや、信頼できる人を新しく探す必要があって……」

「なんだかよくわかんねえけどよ、それなら古い信頼できるやつに訊いてみろよ」

「古い信頼できるやつってなんですか？」

「ダチだよ。ダチに決まってんだろうが。困ってんならダチを頼れ。いるだろ、大輔にもよ」

「ダチ……」

忘れていたものを思い出した。

そのとき「翔太、みんな来たよ」と里美の声が聞こえた。顔を向けると、そこに三人の男がいた。その中のとびきり柄の悪そうな男が口を開いた。

「翔ちゃん、手伝いに来たぞ」

「おうっ、あんがとな。みんな」

翔太が身を乗り出した。

「あれが俺のダチだ。今日はみんな休みだから手伝ってくれんだよ」

全員が満面の笑みを浮かべている。昔からの連れという感じだ。

その光景を見て、大輔はスマホを取り出した。アプリを立ち上げると、『熊野三人組』という項目を押した。

修一と千奈美で作ったグループだ。熊野を離れて以来、ずっと放置していた。それを今、五年ぶりに立ち上げたのだ。

ダチを頼れという翔太の言葉で、懐かしのあの記憶が甦った。修一と千奈美に相談したい。痛切に、心からそう思ったのだ。

だがもう五年も音信不通だったのだ。今さらなんて連絡すればいいのだ。でも……。

ところが迷っている間に、親指が勝手に動き、こうメッセージを打っていた。

『みんな、何しとる？　今から約束の東京観光するけぇ、東京タワーに集合じゃ』


一時間後、大輔は東京タワーの下にいた。

なぜあんなメッセージを打ったのか自分でもよくわからない。ただ熊野を離れるとき、三人とかわした約束を思い出したのだ。東京に行ったら東京タワーで待ち合わせをするというあの約束を……。

ＬＩＮＥは既読になったが、二人からの連絡はない。当然だ。大輔は湿った息を吐き、軽く目を閉じた。輪郭を持ちはじめていたほのかな期待が、風と共に消えていく。

そして目を開けて、立ち去ろうとしたそのときだ。

前方に二人の男女が立っていた。その姿を見た瞬間、頰に冷たい感触が生まれた。

涙だ。涙が不意打ちのように頰を伝ったのだ。

もう会うことはない……そう覚悟して別れた二人が今、こちらに近づいてくる。三人で過ごした熊野の思い出が脳裏をよぎる。大輔の胸に眠る、ひそやかで数少ない幸せの記憶。そのぬくもりが涙腺を刺激し、涙と鼻水が止まらなくなる。

二人の顔がよく見える距離になった。千奈美がボロボロと泣いている。人目もはばからず、涙を拭くことも止めることもせず、ただただ号泣している。

千奈美の泣き濡れる姿を見て、大輔の目は涙の海になった。視界がぼやけてよく見えない。

千奈美は前進を止めない。その勢いのまま、泣きながら大輔の腹を殴る。

「何しとんじゃ。五年も音信不通でいきなり連絡してきよって」

うっと息が詰まったが、大輔はどうにか返す。

「悪《わり》ぃ」

久しぶりに聞く広島弁も嬉しくてならない。

修一が大輔の肩に手を置き、何かを確かめるように言った。

「……だっ、大輔、しっ、心配、心配したんやぞ」

修一が嗚咽している。あの修一がこれほど泣くなんて……修一が泣く姿などはじめて見た。

——俺は、なんで、なんでもっとはよ連絡せんかったんや……修一と千奈美をこんなに心配させて……。

　二人の姿を見て、大輔は膝から崩れた。

「ごめん、ごめんな……修一、千奈美」

　涙と鼻水で声を出すことも、息をすることもままならない。そんな状態でも、大輔の心がこう叫んでいた。

　早く、もっと早く二人に会いたかった……。

　大輔は、修一と千奈美をずっと、ずっと求めていたのだ。この辛く苦しい暮らしの中で、二人を頼りたかったのだ。それが今、はっきりとわかった。

　千奈美が大輔の腕を摑んで引っぱりあげる。

「ほらっ、大輔。約束じゃ。今から東京観光するけぇ、はよ立ちんさい」

　修一もそれと反対の腕を持つ。

「行くぞ、大輔」

「うん。うん」

　両腕を引っぱられるが、大輔はうまく立ち上がれない。二人に会えた嬉しさが、足の力を根こそぎ奪っていた。


「乾杯！」

　三人で軽快にビールジョッキを合わせる。大輔が以前行きつけにしていた焼き肉屋に来たのだ。

　大輔は早速ビールを喉に流し込む。渇いていた喉と心に一気に染み込む。

「ほんま三人で呑む東京の酒は最高じゃな」

千奈美のジョッキがもう半分になっている。予想通り酒豪らしい。

あれから三人で東京を観光した。はとバスに乗ったり、浅草や秋葉原にも行った。上京して五年も経つが、観光をしたのはこれがはじめてだった。大輔にとって東京とは働く街で、遊ぶ街ではなかった。

東京で広島弁を使えるのが嬉しくてならない。修一も普段は標準語らしい。

千奈美がうきうきと尋ねる。

「洋輔やしずくは大きなったんか？　もう高校生じゃろ」

「ああ、洋輔なんかもう俺より背が高いけぇ」

「はあ、そんな大きなりよるんけ。うちも年取るわけじゃ」

なぜか千奈美が嘆いている。

「今呼んだからすぐに来よると思う」

「楽しみじゃな」

二人に会えば、洋輔としずくも喜ぶだろう。

「それにしても、大輔がベンチャーキャピタリストになっとるとはなあ」

千奈美が口元の泡を拭い、感慨深そうに言う。

お互いの近況はすでに話していた。修一も千奈美も海外に一年留学したとかでまだ大学生だが、来年から修一は大学院に進み、千奈美は社会人だ。千奈美は大手ＩＴ企業の内定をもらっているらしい。有能なプログラマーとして各企業から引く手あまただったそうだ。

大輔も有能なプログラマーの希少性は知っている。あかぼしキャピタルが出資する企業でも、優秀なプログラマーをどう確保するかは死活問題だ。起業家がハッカーでなければ出資は一切しないという投資家もいるほどだ。

「大輔、本当に良かったな。あかぼしキャピタルは有名じゃけぇ」

しみじみと修一が言う。大輔は訊いた。

「あかぼしのことなんてよう知っとるな」

「今田賢飛は有名人やからのぉ」

一般人にも賢飛の名は知れ渡っているのか、と大輔は驚いた。

「うちも知っとる。フリーペーパーであの人のインタビュー記事読んだわ。結構街でも今田賢飛の顔写真見るで」

日本の起業熱を高めるために、賢飛は積極的にメディアを使っている。二人の話を聞いて、その効果を実感した。

ビールも二杯目になり、話も盛り上がってくる。

「ところで千奈美、彼氏はできたんけぇ」

大輔が尋ねると、千奈美がつむじを曲げる。

「ぜんぜんや。大学にはろくなのがおらん」

修一が気のない声で助言する。

「マッチングアプリとかあるけぇ、ああいうの使えよ。みんなそれで彼氏とか彼女探しとるみたいやぞ」

それは大輔も知っている。今は恋人もスマホで探す時代だ。

「うちはああいうのは好かんのじゃ。会ったこともないやつといきなり恋愛なんかできるわけないやろ。なんでもネットで済ますのはようない」

「プログラマーのいう言葉か」

修一が呆れ混じりの笑みを浮かべ、ははっと大輔も笑顔になる。

千奈美がふくれっ面で切り返した。

「ほんなら大輔はどうなんじゃ。ええ人おるんか」

脳裏に風林凜の姿が浮かんだが、すぐにそれをかき消す。

「……そっ、そんなもんおらんわ」

慌てて話の矛先を変える。

「修一はなんで院に進むことにしたんじゃ」

「まあ行きたい会社もないけぇな。それやったら大学院で今やってる研究をもうちょいやろうかと思っただけじゃ」

「そういや研究したいもんある言うとったな。何研究しとるんじゃ」

「ARや。うちの教授がARの世界的な第一人者やけぇな。そこでずっとARの勉強しとる」

「ARってなんや」

その名称は聞いたことはあるが、大輔はよく知らない。

「ARいうのは『Augmented Reality』の略で、拡張現実のことや。実在する風景にバーチャルな視覚情報を重ねて表示して、リアルと融合させるんや。ほらこれ見てみ」

修一がアプリを立ち上げ、千奈美にスマホのカメラを向ける。画面の千奈美が鬼のような角を生やしていて、大輔はくすりと笑ってしまう。

「今のスマホってこんなんもできるんか」

「まあこれは簡単なARやけど、ARはゲームでも利用されてるし、とにかく応用範囲が広い。俺はこれからもっともっと伸びる分野やと思うちょる」

「なるほどなぁ」

将来性もあるし何より楽しそうだ。ベンチャーキャピタリストは何でも幅広く興味を持ち、ビジネスの種を見つけなければならない。もっと勉強しないとダメだ。

修一の話を聞いて、大輔は思い出した。

「そういや修一、昔から虫めがねでいろんなもん見るの好きやったなあ。あれも言ったら拡張現実みたいなもんじゃろ」

修一が歯を見せて笑った。

「ほんまやな。昔から好きなもん変わっとらんな」

そのときだ。大輔の頭にある閃きが浮かんだ。これが実現できれば今の苦境を打開できる。信頼できる人物……そうだ。大輔にはこの二人以外にそんな人間はいない。だが、この考えを口に出すことは絶対にできない。

怪訝そうに眉を寄せた修一が訊いた。

「どうしたんじゃ、大輔……」

言えない。口が裂けても言えない。

「いや、なんでもない。それより、肉食べよ。ここの肉は安くて旨いからな」

ごまかすように大輔は肉を焼きはじめた。

6

大輔はビルの入り口で立ち止まっていた。

足が震えて中に入れないのだ。今日が賢飛との約束の一ヶ月だった。

あれから一生懸命探したのだが、結局大輔は投資する起業家を見つけられなかった。

無理でしたなどと言おうものならば、「あっ、そっ。じゃあ弟子失格。クビね」と賢飛ならばあっさりそう切り捨てるだろう。

とはいえ、このままずっとこうしてはいられない。重い足を引きずりながら、大輔はビルの中に入った。

オフィスに入ると、凜がひそひそと話しかけてきた。

「……見つからなかったのね」

大輔の顔色を見て、状況がわかったのだ。

「……すみません」

うなだれる大輔に、凜が仕方なさそうに訊いた。

「ゴールドラッシュって知ってる？」

急な質問だが即答する。

「ええ、世界史の授業で先生が教えてくれました。昔のアメリカで新しい金山が見つかり、採掘者たちが一攫千金を狙って殺到した現象でしょ」

「ええ、そうよ。で、そのゴールドラッシュで一番儲けたのは誰だと思う？」

「それは一番たくさん金を採掘した人でしょ」

「ブー、大外れ。正解は採掘者達にジーンズやツルハシみたいな必需品を売った人たちよ」

「なるほど。賢いですね」

頭のいい人間というのはどの時代にもいるものだ。

「金を掘るより、ツルハシとジーンズを売れ。まあビジネスの世界じゃ有名な話ね。で、これ」

凜が書類を手渡し、大輔は受け取った。

「なんですか、これ？」

「シンガポール国立大学の学生が、日本で起こそうとしている会社よ。ソフトウェア開発企業向けに最新のクラウドサービスを提供するそうなの」

一般ユーザー向けにプロダクトを提供しているソフトウェア開発企業は、金山に殺到する採掘者たちだ。ネットの世界で金を掘り当て、一攫千金を狙っている。一方凜が教えてくれた会社は、そんな彼ら相手のビジネスを考えているのだ。

「現代のツルハシですね」

「ええ」凜が頷く。「地味なビジネスで誰もが知る企業に成長する可能性はないけど、その一方失敗の確率は低いわ。仮にもしそのビジネスが失敗しても、彼は一流のハッカーだから別のビジネスで立て直しもしやすい。この起業家をあなたが見つけたことにしなさい」

「えっ、でもこれって風林さんの案件じゃ」

「いいから。このままだとクビになるわよ」

凜の厚意に、大輔は胸が詰まった。そしてそのまま美しい顔を見詰めてしまった。

凜はそれに気づいたようだったが、きっぱりと言った。

「勘違いしないでよ。あなたがクビになったらまた私が今田さんの面倒見る係になるんだから。それが嫌なのよ」


大輔と凜で、賢飛の部屋に入った。賢飛はまたゲームをしていたが、こちらに気づいてコントローラーを置いた。

「おっ、お二人お揃いで。どったの？」

「賢飛さん、今日は起業家を見つける最終期限の日です」

「そっか、そっか。で、見つかったの？」

大輔が勢いよく頭を下げる。

「すみません。賢飛さん、見つかりませんでした」

凜が仰天の声を上げる。

「ちょっと大輔！」

「風林さん、やっぱり俺、嘘はつけないです」

「なるほど。凜が大輔を助けたのか」

賢飛の声色が変わり、目つきが鋭くなる。瞳に無邪気さが消え、冷徹さだけが浮かび上がる。

「大輔、じゃあおまえは弟子クビだ」

やはりだ……この人に甘えは通用しない。

「……わかりました」

そう頭を下げかけた瞬間、「失礼します」と誰かが入ってきた。

その人物を見て、大輔は驚愕した。

スーツ姿の修一だった。隣には千奈美までいる。なぜここにこの二人がいるのだ？　頭が混乱して言葉が出てこない。

賢飛が陽気に言った。

「いらっしゃい。えっと、名前なんだっけ？」

「高橋修一です」「三登千奈美です」とそれぞれが名乗る。だが二人とも大輔の方を見ようとしない。

凜が賢飛にひそひそと尋ねる。

「今田さん、この方達は？」

「えっ、起業した大学生二人組。話聞いて欲しいって、俺にSNSで連絡取ってきたんだよ。だから呼んだの」

起業？　修一と千奈美が起業したということか？　二週間前、修一は大学院に進み、千奈美は就職すると言っていたではないか。困惑がさらに深まる。

賢飛が腕組みをして訊いた。

「で、どんなビジネス考えてるの？」

修一が抑揚のない声で答える。

「私は大学でARを研究しています。ですからARを使ったビジネスを考えています」

「おー、AR。いいじゃん。いいじゃん。俺の大好物」

賢飛が身を乗り出した。

「ARで何すんの？」

「はい。ARを使ったマッチングアプリを考えています」

「えー、何それ。面白そう」

わくわくと賢飛が言い、千奈美がパソコンとプロジェクターでプレゼンの準備をはじめた。壁に映像が浮かぶ。

「私は広島から出てきたんですが、最初同級生達と共通の話題を探すのに苦労しました。ただそれは、ARを使えば解決できると考えました。こちらをご覧ください」

修一が提案したのは、スマホを使ってお互いの趣味や嗜好《しこう》、好きなものの情報を見られるアプリだ。

スクリーンでは人物の写真が表示されている。そこから漫画のふき出しのように、生年月日や好きな食べ物、好きな本や映画などの情報が書かれている。

初対面の人同士がスマホのカメラを向け合うと、こんな風にARで表示させるそうだ。もちろんお互いの許可があった上で、開示していい情報のみだ。確かにこれならば、初対面でもすぐに打ち解けられるだろう。遊び心があって、実に楽しそうなアプリだ。

「マッチングアプリは各社が参入し、レッドオーシャンと化していますが、リアルを主戦場とするこのARマッチングアプリならばブルーオーシャンです」

競争の激しい市場を、血で血を洗う赤い海という意味で『レッドオーシャン』と呼び、競合する相手のいない市場を平和な青い海にたとえて『ブルーオーシャン』と言う。力の弱いスタートアップがブルーオーシャンを狙うのは理に適っている。

千奈美が口を添える。

「私はマッチングアプリが苦手なんですけど、これならそういう人でも出会いを楽しめると思います。リアルに会ってからお互いのことがわかる方が、私みたいな人間は安心できます」

そういえば焼き肉屋で千奈美はそんなことを言っていた。ビジネスの基本は、人の悩みを解決することだ。その基本がこのアイデアにはある。

賢飛が千奈美を見る。

「で、何ができるの？」

「彼女は優秀なプログラマーです。私もコードは書けますが、三登には敵《かな》いません」

修一が代わりに答えると、「どちらもハッカーね。いいね」と賢飛の笑みが深まる。

凜が感心しながら頷く。

「なるほど。このアプリ専用のバーを作ったり、パーティーを開催してもいいかも。婚活パーティーの業者と提携するのもいいし。リアルに展開していけるから、他のマッチングアプリと差別化できてる。何より娯楽性があるわ」

「はい。それが特徴です」

好感触なので、修一が力を抜いて頰を緩める。賢飛が軽快な口ぶりで言う。

「いいんじゃない。安全性とアプリの使い勝手に課題があるけど、まあそこはなんとかなるでしょ。うちで出資するよ」

もう出資を決めたのかと大輔が啞然としたが、何事も直感で判断するスピード感が賢飛の真骨頂だ。そしてその直感が、修一と千奈美の力を認めたのだ。

修一が、ゆるりと首を横に振る。

「ありがとうございますと言いたいところなんですが、出資するのは大輔からにしていただいてよろしいですか?」

そこでやっと修一が、大輔の方を見た。「……大輔って、あなたたち知り合い?」と凜が戸惑っている。

大輔は尋ねた。

「一体何がどうなっとるんじゃ? わけがわからん」

賢飛と凜もいるのに、思わず広島弁が出てしまう。疑問が噴火し、止めることができない。

修一が説明する。

「焼き肉屋でおまえの様子が変じゃったから、賢飛さんにSNSで連絡を取って話を聞いたんじゃ。それでおまえが賢飛さんの弟子になってて、あと二週間で出資する起業家を見つけないとクビになることも聞いたんじゃ」

咄嗟に賢飛を見ると、賢飛はにやにやと笑っている。

「そこで俺は、起業することに決めた。まあ大学院に行くのは、就職が嫌やいうだけじゃったからな。元々起業には興味あったけぇ」

そういえば焼き肉屋で話しているときも、スタートアップについての知識が随所に見られた。

「俺一人でやるより千奈美がいた方が絶対にいい。それで千奈美を誘ったんじゃ」

「でも千奈美、おまえは就職決まっとったじゃろ」

「断ったわ」

千奈美が不敵に口角を上げた。

「……断ったって、あんな大企業をか」

「大企業いうても給料はたかが知れとるし、今のご時世一生安泰な会社なんかないじゃろ。でも起業で成功すりゃ億万長者じゃ。修一は性格はひねくれとるが、賢いけぇ成功できるじゃろ」

「性格ひねくれとるは余計じゃ」

修一が眉根を寄せる。大輔は悲痛な声を上げた。

「何言うとるんじゃ。おまえら俺のために起業するつもりなんじゃろ。頼むからそんなんやめてくれ……」

そう言った大輔だが、焼き肉屋で閃いたこととは修一に起業してもらうことだった。だがその考えをすぐさまかき消した。自分のために、そんな過酷なことに巻き込めないからだ。

すると修一が、思い詰めた顔で言った。

「大輔、頼む。俺に恩返しさせてくれ」

「……恩返しってなんのことじゃ？」

「高校のあのとき、俺が雅敏を殴ろうとしたからおまえは代わりにあいつを殴った。俺のことを考えて身代わりになってくれた。それでおまえは高校を辞めるはめになってもうた……」

顔を歪め、声を詰まらせる。修一は、ずっとそのことを気にしていたのだ。

「俺はおまえに借りがある。だから起業して必ず成功して、おまえの力になりたいんじゃ」

修一が声に熱を込める。修一の胸に潜むあの灼熱の魂が今、表に出てきている。そうだ。修一は昔からこういうやつだった。

「うちはただ大儲けしたいだけじゃからな」

そう言って千奈美が指でわっかを作り、大輔は思わず笑みを浮かべた。照れ隠しが下手なのも千奈美だ。

「で、大輔、どうするの？　この二人に出資するの？」

おかしそうに賢飛が尋ねたので、大輔は声高らかに即答する。

「します！」

「大丈夫？　俺言ったよね。信頼できる相手を選べって。こいつらは本当に信頼できるの？　自分が借金してでも出資したい相手なの？」

「できます。この世界に修一と千奈美以上に信頼できる人間はいません。俺は二人に人生を賭けます」

鼻息荒く断言すると、賢飛が相好を崩した。

「よしっ、決まりだ」

やった、と千奈美と凜が跳びはね、大輔はびっくりして凜を見た。そこで凜は我に返ったようにすぐに取り澄ました顔を作る。

賢飛が水を差すように言った。

「言っとくけどやっとスタート地点に立っただけだからね。これでイグジットできなければ破産だから」

「わかってます。でも俺たち熊野三人組だったら絶対に成功できます」

大輔は力強く頷いた。

第四章　起業

1

緊張の海で溺れそうだった。

大石雅敏は、一成銀行の頭取室の前にいた。父親の勇作に呼び出されたのだ。誰かに会うときに緊張などしたことはないが、勇作だけは別だ。いつも喉に渇きを覚え、膝が震える。

一度息を整えてから扉をノックし、ゆっくりと入った。

部屋の壁に描かれた一成銀行のマークが目に入った。一成銀行の前身は両替商だ。それが明治の頃に銀行業に転身し、今に至っている。このマークは江戸時代から使われる由緒正しきものだ。

そこから視線を下にやると、大石勇作が座っていた。

一成銀行は日本の経済を動かし続けてきた。そのトップの座に、今自分の父親が座っている。

父親とは離れて暮らしていたので、これまで接する機会はあまりなかった。だが偉大さは身に沁みてわかっている。何せ大石勇作の息子というだけで、誰もがひれ伏したからだ。権力を持つとはこういうことだ、と自分ほど理解している人間はいない。

怪物……金融関係者の間で勇作はそう呼ばれている。その手腕と才覚はもはや人間とはいえないだろう。そして自分はその怪物の息子なのだ。

雅敏の方から切り出した。

「何か用でしょうか?」

低い声で父が問うた。

「出資先の調子はどうだ?」

「問題ありません。順調です」

手のひらが汗で湿る。雅敏は次々とめぼしいスタートアップへ出資を行っているが、まだ収益化のめどは立っていない。

だがスタートアップへの投資、特にシード投資とはそういうものだ。九割外れても、残り一割が化ければいい。雅敏はそう理解している。

「今度日本の多くの企業を集めて、大型のイベントを行う。趣旨は日本のベンチャー業界を盛り上げるためのものだ」

日本のベンチャーに革命を起こし、世界と戦えるグローバル企業を作る。それが父の目的だ。

「この前のような感じですか」

「規模がまるで違う。あれの十倍以上だ」

「十倍ですか……」

あのイベントでも相当大きかった。

「そこでスタートアップを対象としたピッチコンテストを行う。雅敏、おまえの出資先はこれに出て優勝しろ」

それだけ大規模なイベントで優勝できれば、企業としては大きなアピールとなる。買収の話も引く手あまただろう。これまでのマイナス分を一気に取り戻せる。

「わかりました。必ず優勝します」

「いいか、あかぼしキャピタルには、今田賢飛にだけは絶対に負けるな」

その迫力に、雅敏は身震いした。死神の鎌が首元にあてられたような気分だ。

ただ、恐ろしさと同時に、今田賢飛、そして関大輔の顔が頭をかすめ、怒りが込み上げてきた。

言われなくてもわかっている。あの二人、特に大輔は絶対に叩き潰す。

「承知しました」

雅敏は深々と頭を下げた。


大輔、洋輔、しずくが部屋に入ると、床で千奈美が転がっていた。ソファーの上では修一が寝ている。また二人とも徹夜したのだ。

しずくが千奈美を起こしてやる。

「ほらっ、千奈美ちゃん、こんなところで寝たらダメだよ」

「あと一分だけ寝かせて」

千奈美がうつぶせになった。てこでも起きないつもりらしい。

二人がこのマンションに移ってきて、四ヶ月が経った。

シルクフードの苗山時子と、ＳＳの白山十一はもうここにはいない。ビジネスが順調に動き出すと、みんなこのマンションを出ていく。

つまりここを出ることがステップアップの証《あかし》だ。ちなみに牛乳配達ドローンの永澤龍太郎はまだここにいる。

修一が立ち上げた会社は、『KUMANO』という名前になった。熊野出身の三人で生まれた企業だからだ。修一が代表取締役のCEOで、千奈美が最高技術責任者のCTOだ。そこに出資者である大輔も取締役として参加している。

大輔は訊いた。

「修一、どうじゃ」

修一が起きると、スマホを手に取った。アプリを立ち上げ、それを大輔に手渡す。大輔がスマホのカメラを修一に向けると、下の方にARで表示されたものが浮かんだ。画像がガタガタで動きが悪い。

「……これはいけんな」

「それに人が動くと、画像がずれる。スケルトンマッピングとジェスチャーの認識技術がまだまだじゃ」

「新しい切り口のコードがいるんじゃけど、全然閃かん」

いつの間にか起きていた千奈美が、頭をガシガシと掻いた。

「……実現できそうか」

不安に思って大輔が尋ねると、「……わからん」と修一が深刻そうに言う。

その瞬間、悪寒が大輔の心臓を握りしめた。会社の金はどんどん減っていっているのに、収益を上げるのはおろか、製品化ができるかどうかもわからない。これでは早々に資金がショートする。

　お金がなくなるたびに、大輔は身が細る思いだった。かといって大輔は、技術的なことは何もできない。ただ見守るしかない。それほど大輔にとって辛いことはない。

　そんな大輔の心を知ってか知らずか、千奈美が不機嫌そうに言った。

「もうこれ以上二人でやるのは限界じゃ。人を雇わんと」

「人を雇うって……」

　ここに人件費がかかれば、資金がさらに目減りする。

「なんとかならんのか……」

「無理や、無理。もっとプログラマーがいるし、デザイナーもいる。デザイン悪いアプリなんか誰も使わんけぇ」

　気楽に千奈美が言い、大輔は無性に腹が立ったが、「……ちょっと風林さんに相談してみる」とどうにか怒りを封じ込んだ。


「人を雇うねえ」

　早速大輔は、さっきの話を凜に伝えた。凜が難色をあらわにして言う。

「プログラマーはほんと貴重だからね。ハッカーはシリコンバレーでは、一番価値のある財産と言われてるぐらいだから。企業買収もその企業のアイデアや技術を得ることよりも、ハッカーを得ることの方が目的だったりするからね」

「……そうですよね」

「最近特に一成キャピタルの出資先が、根こそぎハッカーを雇ってるのよ。金にものを言わせてね」

「雅敏ですね」

大輔は語気を強める。その名を口にするだけでストレスがたまる。

「まあ、いろんなつてをたどって聞いておくわ」

「助かります」

大輔が礼を言うと、凜が心配そうに尋ねた。

「それより、大丈夫なの？　ずいぶん顔色が悪いけど」

「……いや、ちょっと資金のことが心配で」

修一達に出資してからというもの、お金の不安で神経がすり減り続けている。胃が食べ物を受けつけず、ほとんど何も食べていない。

預金残高が減るたびに、のこぎりで体を挽《ひ》かれている気分になる。夜寝ていてもその激痛で跳ね起きる。この数ヶ月間、心安らかに眠れた日は一日もない。

これまでとはまた違うお金の心配だ。借金をしてビジネスをするとはこれほど過酷なことなのか……早く収益化できなければ身も心も持たない。

だいたい無一文の自分が、借金をして出資すること自体が無茶苦茶なのだ。そんなベンチャーキャピタルはどこにもない。

「気持ちはわかるけどね。ローンチもまだなのに、それじゃ死んじゃうわよ」

「……そうですね」

そう答えたものの、大輔の不安はふくらむばかりだ。吐き気を感じて思わずえずきかけた。

「でも一ついい話もあるわ」

「なんですか？」

「スタートアップを対象とした大規模なピッチコンテストがあるのよ。日本ではあり得なかった規模のね。どうやら大石勇作が仕掛けるみたい」

日本のベンチャーに革命を起こす。インタビューで勇作はそう語っていたが、その意思は本物のようだ。

「日本だけじゃなくて、世界から企業や投資家を集めるそうよ。もしそのコンテストで優勝でもすれば新たに出資金も集まるし、大型買収とかもあるんじゃない」

「イグジットできるってわけですね」

そうなれば借金など全部消えるし、大儲けができる。ふふんと凜が嬉しそうに訊いた。

「どうっ、やる気出た」

「はいっ」

まだチャンスはあるのだ。大輔は元気よく答えた。


「お待たせしました」

雅敏がカフェで待っていると、近藤があらわれた。今風の若者という装いなのだが、田舎臭さと育ちの悪さは隠せない。

近藤は雅敏が広島から呼び寄せた。一成キャピタルに入ってから、雑用をしてくれる人間が必要だったからだ。そこでふらふらしていた近藤に目をつけた。近藤は学生時代から使っているので何かと便利だ。

「で、どうだ。大輔のところは？」

近藤には大輔とあかぼしキャピタルの動向を見張らせている。こういう汚れ仕事をさせたら、近藤の右に出るものはいない。

「開発に相当苦戦しているみたいです」

「そうか」

自然と頬が緩んでしまう。

修一と千奈美が起業し、大輔が出資をした。そう近藤から聞かされ、雅敏は激怒した。あいつらは一体どこまで俺に楯突くのだ。あの三人組は、子供の頃から癇に障ることしかやらない。

とはいえ、修一は脅威だ。むかつくやつだが、修一の優秀さは知っている。頭がいいだけでなく、行動力と決断力がある。それは起業家として必要な能力だ。しかも千奈美は腕のあるプログラマーだ。

まったく初対面の起業家として二人があらわれたら、雅敏も出資していただろう。

さらに修一の専門はARだ。ARに関しては雅敏も目をつけていた。将来性もあり、何より面白い。面白さは人を惹きつける重要な要素だ。

そのARで起業する……それを聞いて、くそったれがと雅敏は地団駄を踏んだ。何を横取りしてやがるんだ。あいつらは。

雅敏は話を続ける。

「あのカフェの女は千奈美から何か技術的なことは聞き出せなかったのか？」

大輔達のマンションの近くのカフェの店員だ。千奈美の行きつけの店で、仕事の合間によく通っていると近藤から聞かされていた。

そこで雅敏はその店員に金を渡し、千奈美と仲良くなるように仕向けろと近藤に命じた。千奈美の性格はわかっている。人懐っこいのでいったん関係が深まれば、なんでも話すようになる。

この世は情報がすべてだと雅敏は知っている。父も、銀行を含め政財界で多くの情報を掌握している。その情報を使って権謀術数の限りを尽くし、今の地位を手に入れた。目的のためには手段を選ばない。その父親の血が、自分にも流れている。

近藤が恐縮気味に答える。

「さすがにそれは無理だったみたいです」

「役に立ちやがらねえな」

あいつらが今何を開発しているのか。どんな技術を持っているのか。もっとも知りたいのはそこだった。

あいつらも父が主催するスタートアップの大会に出場するだろう。もし大輔達に優勝でもされたらと想像するだけで全身が凍りつく。それだけは、それだけは、なんとしても阻止しなければ……。

どす黒い思考の沼に、雅敏はもぐり込んでいった。

2

大輔が帰宅すると、みんなが働いていた。

「うん。いいですね。この調子で進めてくれますか」

修一が岸谷治《きしたにおさむ》のパソコンを見てそう言うと、「わかったよ」と治が穏やかに頷いた。

KUMANOが新しいプログラマーを募集している。そう凜が業界関係者に広めるとすぐに、治が応募してくれたのだ。

治は優秀なプログラマーで実績も申し分なく、人柄も良かった。ハッカーというのは変人が多いと凜が言っていたが（千奈美を見ればそれが本当なのはよくわかる）、治はそうではなかった。修一、千奈美、大輔が面接をしたのだが、即決で採用した。

他にも治の知り合いが、KUMANOに入社してくれることになった。人材集めは難航すると思っていたが、杞憂《きゆう》に終わってくれた。ほんの少しだが運が向いてきた。

一気に大所帯となり、部屋が急に手狭になった。

今KUMANOの目標は、三ヶ月後に行われるスタートアップのピッチコンテストでの優勝だ。それに向かって一丸となって取り組んでいる。

優勝するには、技術的な課題をクリアしなければならない。ただのアイデアだけでは優勝は厳しいからだ。だが果たしてあと三ヶ月で可能なのだろうか……。

ちらりとみんなを見たあと、奥で勉強している洋輔としずくが目に入る。大輔はぶるっと震えた。

社員が増えたということは、それだけ出費も増えたということだ。財布に空いた大口の穴から、お金がどんどん落ちていく。その金が尽きれば奈落の底に落ちる。そうした不安が、手を替え品を替え大輔を襲う。

「あー、あかん。ダメじゃ」

千奈美がソファーに倒れ込んだ。最近、ずっとこんな調子だ。

「おい、千奈美、もっと真剣にやれよ」

咎める大輔に、千奈美がうるさそうに返す。

「真剣にやっとるわ」

行き詰まっているのか何か知らないが、最近目に見えて千奈美がさぼり気味だ。

「大輔はなんもわからんやろが。うちはずっとUIのこと考えとんじゃ」

UIとはユーザーインターフェースの略称だ。見ためや使い勝手といった、実際のユーザーとの接点すべてのことで、アプリの根幹になる部分だ。

「……そうは見えん」

「なんやと、じゃあ大輔は何しとる言うんじゃ」

そこで大輔の何かが崩壊した。

「俺が金出したんやぞ！　おまえ、それわかっとんのか！　ふざけとるんか！」

千奈美の顔つきが一変する。空気が張り詰め、全員が静まり返る。エアコンの音だけがやけに耳に響く。

息の荒さを感じた瞬間、大輔ははっとしてみんなを見た。他の面々も衝撃を受けたような面持ちをしている。その目には驚きよりも、軽蔑の色の方が濃かった。

千奈美が部屋から飛び出していった。しまったと思ったがもう遅い。お金の不安で正気を失ってしまった。何かしなければと思うのだが、微動だにできない。

するとしずくが非難の声を上げた。

「兄ちゃん、早く千奈美ちゃんに謝って」

「……何で俺が」

「当たり前でしょ。千奈美ちゃん頑張ってるのにあんなひどいこと言って。お金出すのがそんなに偉いことなの？　賢飛さんはそんなこと絶対に言わないよ」

胸に響いた。鋭利な刃物で急所をえぐられた気分だ。

そうか、俺は、金のことしか考えていなかったのか……賢飛は絶対にそんなことを言わない。

その指摘も大輔には応えた。

洋輔がせかした。

「兄ちゃん、早く」

「……わかった」

大輔はつぶやくと、修一がぼそりと言った。

「おまえの気持ちもわかるが、千奈美があういうやつじゃいうのはおまえが一番わかっとるじゃろ」

見なくてもわかる。修一の目には深い悲しみが漂っていることが。それが正視できなくて、大輔は顔を逸らした。

「……悪い」

それだけを言うと部屋を出て行った。

急いでマンションを出ると、

「おっ、どったの、大輔。そんなに慌てて」

ちょうど賢飛と出くわした。時々こうしてみんなの様子を見に来てくれるのだ。

「ちょっと千奈美と喧嘩してしまって……」

事情を説明すると、賢飛が呆れるように肩をすくめた。

「おまえさあ、そんなのベンチャーキャピタリスト失格だよ」

「……すみません」

しずくにも言われたが、賢飛の口からだと余計に落ち込んでしまう。

「俺たちはさ、灯台なんだよ」

「灯台ですか……」

「そう」賢飛が頷く。「起業っていうのはさ、ボロボロの小舟で荒波の海にこぎ出すようなものなの。ビジネスを成功させるには、転覆しそうになって命が縮むような危機を何度も乗り越えなきゃならない。船長も船員も血眼になって目的地を目指す。そんなときに頼りになるのはなんだよ？」

「……灯台の光です」

そこでその言葉の真意がわかった。

「そうだよ。嵐の中でかすかに見える光。みんなそれだけを頼りに船をこぐんだ。その灯台ってのが、俺たち投資家だ。ベンチャーキャピタリストだ。おまえがやってるのはな、灯台がぶるぶる震えて光をあちこちに散らしているようなもんなんだよ」

「……すみません。でも俺の場合、無一文の状態なのに自分の借金で出資してて」

ちょっとは自分の気持ちも汲み取って欲しい。だが、

「はいはい。それ言い訳」

賢飛がばっさり切り捨てた。

「俺はさ、おまえにどんな強風や嵐でもびくともしない灯台になって欲しいんだよ。そんなクソみたいな言い訳は聞きたくないね」

また自分の浅はかさに絶望する。賢飛はそういう想いで過酷な試練を与えてくれていたのだ。なのに、俺は……情けなくて自分で自分を殴りたい。

「……申し訳ありません。俺が馬鹿でした」

すると賢飛が紙袋を差し出した。

「ほらっ、むちゃくちゃ旨いカフェオレ。千奈美好きだろ」

そんな細かい好みまで把握しているのか。付き合いが長い自分でも知らないことだった。

「ありがとうございます。助かります」

大輔はそれを受け取ると、急ぎ足で立ち去った。

千奈美は公園のベンチに座っていた。

そのボサボサの髪と、化粧もしていない横顔に大輔は胸が痛くなった。千奈美は昔からお洒落《しゃれ》が好きで、いつも小綺麗にしていた。今は会社のせいで、そんな時間も余裕もないのだ。億万長者になりたいから起業した。千奈美はそう言っていたが、それは照れ隠しだ。大輔のためだ。そして一生懸命なときほど千奈美はそれを隠したがる。さぼっていたんじゃない。さぼっているように見せていたのだ。そんなことも俺は焦って見えてなかったのか……。

大輔の姿を見るや否や、千奈美はわざとらしく顔をそむけた。

遠慮がちに大輔は隣に座った。カフェオレを千奈美に差し出すと、千奈美は黙ってそれを受け取った。

早速千奈美がそれを一口呑んだ。

「何これ、めっちゃおいしい」

さすが賢飛の買ってきたものだ。千奈美の表情が和らいだ隙を逃さず、大輔は心から詫びた。

「……すまん。言い過ぎた。許してくれ」

千奈美は何も言わない。

「俺、ちょっと苛々しとっておまえにあたってもうた。ごめん」

そこで千奈美が口を開く。

「……こんなカフェオレぐらいで許してもらえると思ってんのか」

少しだけ安堵する。きちんと謝れば許してくれる。これも千奈美の昔からの性格だった。

「思っとらん。ご馳走《ちそう》する」

「とびきり旨いもんやないとうちは納得せんけぇ」

「わかっとる。最高の料理をご馳走する」

大輔は微笑んだ。


「さあ、みんな食べよう」

一時間後、食卓にはずらりと料理が並んだ。焼き飯、鶏胸肉のパン粉焼き、そしてもやし炒めだ。大輔が昔からよく作る節約料理だ。

「なんやご馳走するって、いっつも洋輔としずくが作るやつやないか」

大輔は忙しいので、最近は二人が料理番になっている。

洋輔がうきうきと言った。

「千奈美ちゃん、兄ちゃんのもやし炒めはひと味違うから」

「そうそう、食べてみて」

しずくも椅子を引いて促し、千奈美が座って箸を取る。しぶしぶともやしを口に入れると、

「ほんとだ。おいしい」

ついという感じで目を大きくし、「でしょ、でしょ」としずくがはしゃいだ。

「さあ、みんなも食べよう」

大輔が声をかけると、全員がいっせいに食べはじめた。あれほど暗く沈んだ雰囲気が、腹が満たされるにつれ明るくなっていく。修一、千奈美、治、他の面々も笑顔だ。

頃合いかと、大輔が切り出した。

「みんな、ちょっと聞いてくれ」

全員が箸を止める。大輔はとびきり陽気な声を上げた。

「この壁は乗り越えられる。大丈夫だ。きっとうまくいく」

みんなきょとんとしたが、すぐに修一が頷いた。

「そうだな。大輔の言う通りだ」

さっきの自分は最低だった、と大輔は反省した。合わせて、今まで見てきた賢飛の行動を振り返ってみた。

起業家の三橋達が困り果てているとき、「大丈夫。きっとうまくいく」とだけ賢飛は言った。それだけで全員がやる気になり、力が戻ってきた。

ベンチャーキャピタリストの仕事とはこれなのだ。起業家を信頼し、投資する。そして起業家が困難な状況になったときは、応援し励ます。それだけでいいのだと気づいた。

千奈美が箸を置いて、勢いよく立ち上がる。

「よっしゃ、お腹《なか》もいっぱいになったし、いっちょ仕事やったるけぇ」

おうっ、と一同が気合いを入れた。

3

うつらうつらと大輔が机で睡魔と闘っていると、

「大輔、おまえもう寝ろ」

パソコンのキーを打ちながら修一が言う。

「そうそう、昼間から働き詰めじゃろ。寝んさいや」

修一と同様、千奈美もモニターから目を離さずに言う。その隣では治も作業していた。

作業が深夜にまで及ぶ日が続いているので、みんな髪も顔も脂ぎっている。目も充血して、目薬の消費量も激しい。ゴミ袋の中はエナジードリンクの空き缶だらけだ。寝る間を惜しんで全員が作業に没頭している。

大輔は昼はあかぼしキャピタルの仕事をし、夜はこうして付き合って起きている。何もできないのだ。せめて仕事ぶりを見守ってやりたい。

コンテストまであと一週間を切っていた。

開発は進んでいるのだが、まだ完成とまではいかない。優勝を狙うには、完璧な状態で披露しなければならない。

もう資金は底を突きかけている。賢飛からは追加融資はないと先に言われている。このコンテストで成功しなければ、KUMANOは倒産するだろう。それは、大輔の破滅も意味する。

想像するだけで恐ろしいが、そのたびに大輔は自分に言い聞かせた。大丈夫だ。修一と千奈美、そして治達ならどうにかしてくれる。

人を信頼する――そのもっとも困難なことをできるかできないか。今ベンチャーキャピタリストとしての自分の覚悟が試されている。みんなでこの苦境を乗り越える。大輔はそう心を固めていた。

「大輔さん、もう休んでください」

治が毛布を肩にかけてくれる。「大丈夫です」と起きようとしたが、毛布のぬくもりが眠気を増幅させる。その直後、大輔は昏倒するように机に突っ伏し、深い眠りに落ちていた。

「おい、大輔、起きろ」

揺り起こされてまぶたを開けると眩《まぶ》しさを感じた。いつの間にか朝になっている。

「悪い。寝てしまった」

跳ね起きると、修一、千奈美、治の姿があった。三人とも目が血走っている。徹夜で作業を続けていたのだ。

ただ不思議なほど三人の顔が充実感で満ちあふれている。一体なんだと戸惑っていると、修一がスマホを渡した。

「ほらっ」

わけもわからず受け取ると、アプリが立ち上げられていた。その瞬間、体に電流のようなものが駆け抜けた。まさか……。

大輔が急いで修一にカメラを向けると、ARの表示が瞬時のうちに浮かぶ。恐るべき速さだ。カメラを左右に振っても、表示はついてくる。

指で画面を操作してみるが、非常にわかりやすい。直感で何をすればどうなるかが一目瞭然だ。千奈美を見ると、彼女は得意げに片目をつぶった。

修一にカメラを向けて指でスライドすると、あっと大輔は声を上げそうになった。

修一、千奈美、大輔の子供の頃の写真が表示されたからだ。熊野で撮った三人の思い出の写真だ。幼き日の無邪気な三人が、笑顔でピースサインをしている。みんなでキャンプに行ったときのものだ。

こいつ、なんて粋《いき》なことをしやがるんだ。大輔は目頭が熱くなり、思わず泣きそうになった。

そして最後に、『これで優勝だ！』という文字と共に、クラッカーが弾ける動画が表示される。

大輔は目に力を込め、前を向いて叫んだ。

「よっしゃ！」

「よし、優勝狙うぞ」

千奈美が高々と拳をつき上げた。


一週間後、大輔達は有明《ありあけ》にあるイベントホールにいた。

その人の多さに啞然となる。このあとアイドルグループも来て、イベントを盛り上げるそうだ。

会場は各企業のブースで埋まっていて、果てが見えないほどだ。協賛企業の名が書かれたボードがあるが、とんでもない数だ。

有名な起業家や実業家の顔もある。個人富裕層もいて、引退したばかりのサッカーのスター選手もいた。引退後はビジネスの世界に転身すると語っていたばかりだ。その彼が、ハリウッドで人気の映画俳優と談笑していた。

大石勇作の実力とはこれほどのものなのか。彼が本気で動けば、これだけの人が集まるのだ。

改めてあかぼしキャピタルが、とんでもない怪物を相手にしていることがわかった。

「凄い規模ね。シリコンバレーでもこんな大型イベントなかなかないわよ」

さすがの凜も呆気にとられたようだ。大輔と同じように、頭の中に大石勇作を思い浮かべているのだろう。

あかぼしキャピタルのブースを巡る。シルクフードの苗山時子や、軽量級相撲の白山十一は順調だ。

ＳＳのＹｏｕＴｕｂｅチャンネルは大人気で、チャンネル登録者数も二百万人を突破していた。総合格闘技やレスリングの選手、運動神経抜群の芸能人や人気ユーチューバーなどが次々と参戦している。誰でも気軽にできるのがＳＳの魅力だ。

大相撲とはまた違う、スピーディーで動きのある試合が好評だった。今風の演出で、ＳＳはおしゃれだと若者からの人気も高い。今や新感覚のスポーツとして認知されている。今度東京ドームでチャンピオン大会を開催する予定だ。

まさか軽量級の相撲がここまでの規模になるとは……賢飛の慧眼《けいがん》はとてつもない。

問題のドローン牛乳配達の永澤龍太郎はどうだろうか。大輔と凜が龍太郎のブースを覗いてみると、意外にも人だかりができていた。

ドローンで物を運んでいるのだが、それは牛乳瓶ではなかった。ピザなのだ。それぞれのブースのピザの注文を受けているらしい。

大輔は驚いて訊いた。

「龍太郎さん、それピザじゃないですか」

「そうだよ」

龍太郎が平然と答えると、凜が説明する。

「ついこの前、ピボットしたのよ」

「ピボット？」

「まあ簡単に言えば、事業の軌道修正ね。行き詰まった事業計画を路線変更するの」

「そんなのうまくいくんですか？　執念を持って成し遂げた方が成功しそうですけど」

「まあそれもありだけどね。でも世界的な企業の中でもピボットして成功したところも多いわ。柔軟な対応も必要よ」

凜の話によると、賢飛が龍太郎を有名なピザの店に連れて行き、龍太郎はそのピザに感動したそうだ。

「ピザのチーズは牛乳が原料なんだから、牛乳の配達もピザの配達も一緒じゃん」

そう賢飛が助言し、龍太郎はピザの配達ドローンにピボットしたそうだ。やや強引なアドバイスだが、なぜか龍太郎の心に響いたようだ。

確かにピザの配達の方が需要があり、法整備などの条件さえクリアできればビジネスとして成立しそうだ。賢飛はそこまで見越していたのだろうか。

控え室の方に移動する。ここも恐ろしく広いので、人を探すのも一苦労だ。

修一、千奈美、そして他のＫＵＭＡＮＯの社員を見つけた。開発に成功したのがギリギリだったので、ブースを出すのは見合わせた。

ただその分、明日のピッチにすべての力を注ぐ。参加企業が多いので、コンテストは二日間に分けて行われる。

「あれっ、懐かしい顔ぶれだなあ」

内臓をかき乱すような声がした。雅敏だ。

「なんで、おまえがおるんじゃ」

敵意剝き出しで千奈美が言う。表情を変えない修一が、不快さをあらわにしていた。

「千奈美、おまえまだ広島弁かよ。みっともねえな」

雅敏が侮蔑の笑みを浮かべた。雅敏と千奈美の間に、大輔は体を入れる。

「おい、こっちは忙しいんだ。用がないならあっちいけ」

「なんだよ、関まで。同じベンチャーキャピタリストじゃないか」

雅敏の言葉に、修一が引っかかる。

「ベンチャーキャピタリスト?」

修一と千奈美には雅敏のことを伝えていなかった。開発に集中させたかったからだ。

「そうだよ。一成キャピタルの社員だよ」

得意げに雅敏が言うと、千奈美が鼻で笑った。

「はっ、また親の七光りけぇ」

一成の名前ですべてを察したようだ。

「なんだと」

怒気を発する雅敏に、大輔は屹然として言った。

「おまえ、いい加減にしろよ。人を呼ぶぞ」

雅敏相手だと、修一と千奈美が何をするかわからない。それ以上に大輔は自分を抑えるのに必死だ。

やれやれと雅敏が手を挙げ、薄気味悪い微笑を投げる。

「はいはい、なんだよ。俺が出資するやつがプレゼンするからおまえ達に見てもらおうと思っただけなのによ。俺たち熊野の友達だろ。ちゃんと見てくれよ」

かつての同級生に向けての真っ当な言葉なのだが、こいつが口にすると面罵《めんば》されたような気分になる。

雅敏が立ち去ると、千奈美が目を吊り上げた。

「なんじゃあいつは。なんでこんなところにおるんじゃ」

その大声に、凜が慌てる。

「ちょっと、みんな見てるわよ」

雅敏との因縁を知っている凜でさえも、千奈美と修一の過度な反応に戸惑っている。他のメンバーも面食らっていた。

それに気づいた修一が、荒れた心をなだめるように深々と息を吐いた。それから努めて冷静に言った。

「雅敏のことは忘れるぞ。とにかく明日に集中しよう」

「そうだな」

大輔は頷いたが、胸の中にしこりのような違和感があった。

午後になり、スタートアップのピッチコンテストがはじまった。

治が見あたらなかったが、他のメンバーと共に大輔はそれを見ることにした。客席は人でぎっちり埋まっている。記者やマスコミ関係者も多く、テレビカメラもある。ニュースでも取り上げられるそうだ。優勝すればＰＲ効果は凄まじいだろう。

どこも演出に凝っていて、各企業の力の入れぶりが伝わってくる。

「うちらも負けてへんからな」

隣で千奈美が息巻いている。

何組かのピッチが終わったあと、凜がひそひそと言った。

「次が一成キャピタルの出資したところよ」

「雅敏ですね」

大輔がうめくように言うと、修一と千奈美の体に力が入ったのがわかった。

壮大な立体映像の演出のあと、モデルのような女性がステージに上がってくる。綺麗な女性起業家ということで、みんなが注目した。いかにも雅敏が出資しそうだ。

彼女がよく通る声で言う。

「私たちは、ＡＲを使ったマッチングアプリを開発しました」

「なんだって」

思わず声がはね上がる。彼女がアプリの内容を説明するが、まるでこちらと同じものだ。

千奈美がか細い声を漏らした。

「なんで、どういうこと、こんな偶然ってあんの？」

「まあないとは言えないけど……」

凜が不審そうに首をひねると、修一が口を歪めて言った。

「アイデアはかぶっていても、あいつらにはそれを実現できる技術がない」

修一の言う通りだ。こちらが開発したＡＲ技術は、全員が苦心の末に生み出したものだ。ところがその予想はあっさり覆された。アプリは完璧に作動している。さらに、ＵＩも千奈美が考えたものとほぼそのままだった。

観客全員が感嘆の声を上げる中、修一が断言した。

「……あいつら、俺たちのアイデアと技術を盗みやがった」

強烈な怒気が、その声を震わせている。

「でもどうやって？」

大輔の疑問に、修一は一瞬言葉に詰まったが、

「あのくそったれに直接訊く」

勢いよく立ち上がり、修一が駆け出した。全員でその後を追う。


控え室に雅敏がいた。修一が歩み寄り、雅敏の胸ぐらを摑んだ。

「てめえ、盗みやがったな！」

「おいおい、なんだよ。俺が何したって言うんだよ」

雅敏が修一の手を払いのけ、にたにたと笑う。

「偶然だろうが、偶然」

千奈美が怒声を浴びせる。

「あんな偶然があってたまるか。アイデアだけならまだしも、使ってる技術からＵＩまでほとんど一緒じゃぞ。おまえが盗んだに決まってる」

「じゃあどうやって盗んだんだよ。証拠を出せよ」

「それは……」

そこで千奈美が言い淀んだ。大輔も雅敏の仕業だと確信しているが、その方法がわからない。

「まあいい。特別だ。まぬけなおまえ達に教えてやる」

歯を剝き出しにして雅敏が笑う。あれだ。大輔の母親の理恵を病院送りにしたと告白していたときとまるで同じ表情だ。

「治、うまくいったな」

雅敏が控え室の外に声をかけた。治……その名を聞いた瞬間、大輔は総毛立った。まさか……。

振り向くと、出入り口に治が立っていた。

修一が怒りを押し殺すかのようにうめいた。

「まさか、あなたが……」

「すみません……」

消え入りそうな声で治が謝る。そうだったのか。どうりで姿が見えなかったはずだ。治がデータを雅敏に流していたのだ。

「なんで、なんでそんなことしたんじゃ……」

千奈美が、声にならない声でつぶやく。優しい治を、千奈美は慕っていた。プログラマーの先輩として頼りにしていた。その治が裏切ったのだ。

大輔もまだ信じられない。机で寝ている大輔にいつも毛布をかけてくれるのが治だった。そのぬくもりが、一瞬で氷のように冷たくなる。

治は顔を伏せ、黙っている。その姿から、治の悲痛な叫びが聞こえたような気がした。

大輔は雅敏を睨んだ。

「おまえ、治さんに何をやった」

治は苦楽を共にした仲間だ。その人柄は痛いほど知っている。何か裏があるに決まっている。

雅敏の口角が不気味に吊り上がる。まるで悪魔だ。

「おっ、よくわかったな。特別に教えてやるよ。治の親父は埼玉で介護業をやってて、取引銀行は一成銀行なんだよ。つまり治の親の生殺与奪の権利を俺らが握っているってわけ。そこでおまえらが新しく人を雇うタイミングで、治に応募させたんだよ」

こめかみに錐《きり》を刺されたような激痛が走る。ここまで悪党だとは……。

「俺たちの技術を盗むためか」

嚙みつくように修一が言うと、雅敏がケタケタと笑う。

「そうだよ。こんなギリギリで完成させやがってよ。今日のコンテストに間に合わねえかと肝を冷やしたじゃねえか。無能どもが」

感情を抑えきれないように、凜が目を剝いて言った。

「あなた、これはれっきとした犯罪よ。訴えさせてもらうわ」

「どうぞ、お好きに。できるものならば。なあ、治」

雅敏が鼻にかかった声で言うと、治の肩が震え出した。そうか。もし訴えでもしたら、治に罪が降りかかる。できない……雅敏もそれを見越しているから、こんな余裕しゃくしゃくですべてを暴露したのだ。

大輔の出資で修一が起業したと知り、この計画を立てたのだろう。修一の優秀さは、雅敏も熟知している。最初からアイデアも技術も盗むつもりだったのだ。

卑劣で残虐な男だとは知っていたが、まさかここまでするとは……怒りの他に恐怖の感情まで湧き上がる。何かこの世のものとは思えない、闇の世界の住人と対峙しているような気分だ。

修一、千奈美、凜も呆然としている。大輔が感じたのと同種の恐怖が、三人の表情を奪っているのだ。

「へえ、ボンボンのくせにやるじゃん」

場違いなのんびりとした声がして振り向くと、賢飛が立っていた。どうやら今の会話を聞いていたようだ。

ただ大輔達とは違い、賢飛は平然と微笑を浮かべている。

「……今田賢飛」

雅敏の形相が一変する。この前賢飛にからかわれたのを、まだ根に持っている様子だ。

賢飛がわざとらしく拍手する。

「勝つために手段は選ばない。いいね。ビジネスを見る目のなさをそこで補ってるってわけだ」

「見る目がないだと?」

「怒らない。怒らない。褒めてやってんだから」

なだめるように言うと、賢飛が大輔達の方を見る。

「みんな覚えておけよ。大金が動くこの世界は百鬼夜行。こんな卑劣な畜生どもがうごめいているんだ。隙を見せたらがぶりとやられる。よくわかっただろ」

それから雅敏に向き直った。

「あとさあ、おまえ。大石雅敏だっけか、一つ忠告してやるよ」

「何をだ」

賢飛が雅敏に目を据えた。

「喧嘩売るのはいいけど、相手選べよ。おまえ、うちの人間にここまでのことをしたんだ。ただで済むと思うなよ」

大輔はぞくりとした。賢飛は目を細め、微笑も絶やしていない。昼寝中の猫のような表情のまだ。

けれどその目の奥には、激しい怒りが渦巻いている。近づくものすべてを焼き尽くす、業火の嵐だ。雅敏は今、龍の逆鱗《げきりん》に触れたのだ。

さすがの雅敏も一瞬怯んだが、すぐに賢飛を睨みつけた。

「……何言ってやがる。最初に喧嘩を売ってきたのはおまえだ」

賢飛が破顔する。

「そっか、それもそうだね。一本取られたよ」

「おまえらをここで潰してやる」

雅敏がそう吐き捨てる。「パパによろしくねえ」と賢飛が和やかに言って降参のポーズをとると、雅敏は治を連れて不機嫌そうに立ち去った。

突然の事態が起こりすぎて、全員が無言のままだ。漆黒の陰が一同の全身を覆っている。

KUMANOの、大輔の運命が決まるピッチは明日に迫っている。一体どうすればいいんだ、と大輔は途方に暮れた。

4

「みんな、どうする？」

おずおずと凜が切り出した。

一旦宿泊先のホテルに戻り、明日の対策を立てることになった。当然のことながら治はいない。緊急ミーティングルームとなった大輔の部屋で、修一がぼそりと訊いた。

「賢飛さんはどうされたんですか？」

「……用事があるからあとは私と大輔に任せるって」

「そうですか……」

修一が肩を落とす。一番頼りになる賢飛なしで、この危機を脱しなければならない。

「明日は棄権するしかないかも……」

言いにくそうに凜が提案したが、千奈美がまっ先に否定する。

「それは嫌じゃ」

「でもアプリはほとんど同じだから、うちが盗んだと思われるわ」

「くそっ、雅敏のやつ、だから発表順をうちらの前にしたんじゃ」

悔しそうに千奈美が吐き捨てる。このピッチコンテストは大石勇作が仕掛けたものだ。順番ぐらいは簡単に変えられる。

大輔が硬い声で言った。

「ピボットするしかない。ＡＲ技術を別の何かに使うんだ」

さっきから考えていたことだ。龍太郎が牛乳配達ドローンからピザの配達ドローンに切り替えた。あれと同じことをするのだ。

「ピボットするにしても、何にするんだ？」

修一が尋ね、凜がかぶせる。

「大輔、ピッチは明日なのよ。どうやって明日までにそんなことを実現するの？」

「それは……」

そこまで考えていない。また全員が押し黙る。

絶望が大輔の足元を摑み、地獄へと引きずり込んでくる。恐怖で目の前が漆黒に染まる寸前、大輔は腹に力を込めた。

灯台だ。俺は、灯台になるんだ！

恐怖と絶望を踏み潰し、大輔は無理矢理笑顔を作った。そして言った。

「みんな、とりあえず日本一旨いおにぎりを食べよう」


二時間後、部屋に二人の男女が入って来た。

「おいおい、大輔。なんだよ。急に呼び出しやがってよ」

頭を掻きながら翔太が入ってくる。その後ろには里美がいた。

「すみません。お二人のおにぎりがどうしても必要でして」

窮地に陥ったときは、何か旨いものを食べるに限る。そしてこの絶体絶命の危機を救うには、翔太のシンマイのおにぎりしかない。日本一の米でないと、この奈落の底から脱することはできない。

急に見知らぬ二人が入ってきたので全員驚いているが、大輔は翔太と里美の紹介をしつつ、翔太が持って来てくれたおにぎりを全員に配った。

「みんな、とりあえずこれを食べよう。話はそれからだ」

わけがわからないながらも、みんながおにぎりを食べる。すると同時に称賛の声を上げる。

「旨い！」

無我夢中でおにぎりにかぶりつく。大輔も食べてみて、そのおいしさに思わず顔がほころんだ。やはりこのおにぎりは最高だ。

「なんでこんなにおいしいの？」

不思議そうに凜がおにぎりを見つめると、翔太が胸を張って言った。

「そりゃ、日本一の名人直伝のシンマイだからよ」

翔太がこの前と同じ説明をしてくれる。その米作りの奥深さに、一同が興味深そうに聞いていた。

千奈美が何気なく訊いた。

「その名人のお爺さんがこのお米を作ってくれたんけぇ？」

「いや、これは俺と里美で作った。じじいはもうこの世にはいねえよ。死ぬ寸前まで俺と里美にこの米の作り方を教えてからあの世に旅立ったんだ」

さらりと翔太は答えたが、ぐすんと里美が洟を啜った。あたふたと千奈美が謝る。

「ごめん。そうとは知らんくて」

「いいの。ちょっと思い出しただけだから」

「そうそう、別に謝るようなことじゃねえよ。じじいはもういなくても、その米は俺たちが受け継いでいる。つまりじじいはまだ生きてるってこった」

「このおにぎりには、そんな物語があるんだな……」

修一が感慨深そうにおにぎりを見つめた。

「そういえば翔太さん言ってましたよね。人が作り出したものにはなんでも工夫と情熱がこめられている。俺たちはそれを知らないだけだって」

大輔もおにぎりに目を向ける。

「何を偉そうに」

里美が鼻で笑うと、翔太がむっとした。

「いいだろうが別に」

一同が笑う。おにぎりとこの笑いで元気が出てきた。だが修一だけ様子がおかしい。何か考え込んでいる。

「修一、どうした?」

「今うちの会社に残っている金どれぐらいだ」

「一ヶ月は……持たない」

つかの間忘れていた現実が、また目の前を塞ぐ。このコンテストがラストチャンスだった。

「よしっ、それを全部明日使うぞ」

「全部？　何にだよ？」

大輔の質問を無視して、修一が翔太の方を見た。

「翔太さん」

「なっ、なんだよ」

意を決したように、修一が真剣な声で言った。

「一つ頼みがあるんです」

5

「なんで私がこんなことを……」

黄色のミニスカートを穿《は》いた凜が、ぶつぶつと文句を言っている。野球場のビールの売り子のような格好だ。さらに首から大きなトレイをかけている。中身は、全部おにぎりだ。パッケージにQRコードが貼られている。

「似合いますよ」

スタイルがいいこともあってか、注目の的だ。すらりとした細くて長い足に目をやりながら、みんなおにぎりを喜んでもらってくれる。

もちろんすべてが翔太のおにぎりだ。

修一の案とは、あるだけのシンマイをおにぎりにして、ピッチイベントの聴衆に配ることだった。

翔太達がおにぎりを握っている間、修一達は今日のピッチの準備をしていた。一から全部作り直すことにしたのだ。

客には、このQRコードを読み込んでアプリをダウンロードして欲しい、KUMANOのピッチがはじまるまでおにぎりは食べないで欲しい、と頼んでいる。

「おいおい、なんだよ凜、その格好」

賢飛が腹を抱えて笑っている。凜が仏頂面で返した。

「何笑ってるんですか。会社のためにやってるんです」

それから目を吊り上げてまくしたてる。

「だいたい今まで何やってたんですか！」

「ちょっと、こっちも準備があったんだよ」

また賢飛が、あのいたずらっ子のような笑みを浮かべた。賢飛のことだ。何か仕掛けたのだろうが、それが何かはわからない。


二日目のピッチがはじまった。

大輔は修一達のいる控え室に向かった。修一と千奈美はパソコンにかじりつき、まだ準備をしている。結局リハーサルもできなかった。

「すみません。KUMANOさん、そろそろ出番ですので舞台袖に」

係員がそう呼びかけても、修一はキーボードを打つ手を止めない。

「おい、修一」

大輔が声をかけると、「できた」と修一が立ち上がり、持っていたパソコンを千奈美に手渡す。

大輔が急いで問いかける。

「大丈夫か。いけそうか」

「わからん。出たとこ勝負じゃ」

修一の目が血走っている。

昨日おにぎりを食べたあと、修一がこう言い出した。

「ARマッチングアプリは全部捨てて、今からピボットする。明日は新しいアイデアでピッチに挑む」

そしてすぐに千奈美と準備をはじめたのだ。大輔はおにぎりの担当になったので、一体何をするかは聞かされていない。

KUMANOの出番がきた。千奈美がパソコンをセッティングし終えると、修一が登壇した。

パラパラと気のない拍手が起こる。

たくさんのピッチを見てきたので、聴衆もいささか食傷気味の様子だ。まずい。大輔は息を詰めた。

「さあさあ、どんな画期的なピッチかな」

いつの間にか隣に雅敏がいる。無様に失敗する様を見に来たのか、と大輔は反吐《へど》が出た。

修一が壇上で静かに言った。

「みなさん、お手元におにぎりはあるでしょうか」

かなりの人数がもらってくれている。

「なんだ。盗んだマッチングアプリは止《や》めて、おにぎり屋でもやるのか」

腹を抱えて雅敏が笑う。

「まずは一口食べてみてください」

そう修一が促すと、みんながおにぎりにかじりついた。それから同時に感激の声が起こる。

「旨い！」

当然だ、と大輔は拳を握りしめた。あの米を食べて何も感じない人間がいたら、舌がどうかしている。気だるい空気が一変し、全員が修一に注目した。話を聞いてもらう態勢を作るという最初の難関を突破できた。

修一が説明する。

「その米はシンマイと呼ばれるお米です。神の米と書いて、シンマイです」

背後のプロジェクターに『神米』という文字が躍る。

「名人と呼ばれた米農家、土田喜一《きいち》さんの米です。残念ながら喜一さんはお亡くなりになられましたが、その秘伝の米作りを今はお孫さんの土田翔太さん、里美さんのご夫婦が受け継いでいます」

翔太の米の説明を修一がする。話す速度は速すぎず遅すぎず。技術系の起業家はプレゼンが下手なことが多いが、修一はそうではない。もちろん本人の努力もあろうが、人を惹きつける才能があるのだ。現にみんなが聞き入っている。

「どうですか。今の話を聞いて、この米がよりおいしく感じませんでしたか？」

修一がそう問いかけると、「旨く感じた。だからもっと食わせろ」と誰かが言い、客席から笑い声が起きた。聴衆の心を完全に摑んでいる。

ただ、修一が一体何をしたいのかが皆目わからない。シンマイの魅力は伝わったかもしれないが、ビジネスとはなんの関係もない。

「なんだ。あの野郎は頭がおかしくなったのか」

雅敏が忍び笑いをすると、修一が声高らかに言った。

「みなさん、先ほどダウンロードしていただいたアプリを起動し、そのおにぎりにレンズを向けてください」

聴衆が一斉にスマホをおにぎりに向ける。すると、客席からどよめきが起こった。なんだ、一体何が起きたんだ、と大輔は戸惑う。

プロジェクターに映像が浮かんでいた。おにぎりがARで加工されている。翔太と里美の笑顔が映し出され、先ほど修一が説明したものと同じ内容の文章が流れている。

大輔は思わず声を上げそうになった。そうか、修一のアイデアが、どうピボットしたのかがわかったのだ。

修一が声を張り上げた。

「このおにぎりには作り手の情熱、工夫、知恵、すべてが込められています。物語があるのです」

スクリーンに男の写真が表示される。短髪の白髪頭の老人だ。色の濃いその肌に、樹齢を重ねた樹の年輪のようなしわが刻まれている。

一目で誰だかわかった。翔太の祖父の、土田喜一だ。

「喜一さんはなぜ無農薬の有機農法にこだわったのか。それは奥様の体が弱く、少しでも体にいい米を食べさせたかったからだそうです」

それは知らなかった。そう聞くと、大輔の胸にさらに熱いものが込み上げてくる。これは喜一の想いと、翔太と里美の努力が合わさった米なんだ。

大輔と同じ感想を抱いたのか、聴衆が深々と頷いている。

「たった一つのおにぎりにも人々の情熱が注がれています。その情熱を物語として知ることで、おにぎりがより味わい深いものになる。それを今、みなさんは体感されました」

修一の声が熱を帯びる。翔太達の力が修一の背中を押してくれている。

「それはこのお米だけでもありません。人が作るすべてのものに、物語があります」

映像が切り替わる。農作物、家電、家などあらゆる商品がぐるぐると回転し、一つに収束していく。

「そしてその物語を知れば、我々の世界は一変します。より興味深く、より豊かなものになります。我々はARを使い、その物語を伝えるお手伝いをします」

そこで修一はいったん言葉を切り、高らかに言った。

「我々がみなさんにお届けするアプリケーションは……」

千奈美がエンターキーを押すと、プロジェクターに文字が浮かんだ。

『STORY』

その瞬間、客席から歓声が上がった。熱狂が床を突き抜け、天井まで駆け上がる。今日一番、いや昨日も含めてすべてのピッチの中で一番の盛り上がりだ。

「嘘だろ……」

雅敏が呆然としている。大輔も信じられない。修一はたった一日でピボットを成功させてしまったのだ。

ピッチを終えた修一と千奈美が戻ってくる。二人とも聴衆の反応の良さに顔が上気している。

「やったぞ、大輔！」

修一が右手を挙げ、大輔がそれを叩いた。パンという軽快な音が鳴る。「やった、やった」と凜と千奈美が手をつないで飛び跳ねている。凜もすぐに駆けつけてくれたのだ。

「修一、最高のピッチだったじゃん」

賢飛も来て、褒め称《たた》えてくれる。「ありがとうございます」と修一が心底嬉しそうな顔をした。

凜が興奮気味に言った。

「ＳＴＯＲＹはマッチングアプリに比べて汎用性があるわ。あらゆる製品に応用できるし、人手不足の小売業では店員の代わりになるかもしれない。凄いことになるわよ」

「はい。そこがウリです」

満足げに修一が頷く。凜の言う通りだ。マッチングアプリとは市場規模の桁が違う。物を売るという行為すべてに革命を起こす可能性がある。

「早速さっき打診があった」

にこにこと賢飛が言い、大輔が首をひねった。

「……打診ってなんのですか？」

「買収だよ。買収。アメリカの企業がKUMANOを買いたいってさ」

「もっ、もうですか？」

「ぐずぐずしてたら他の企業との競合になるし、それだけKUMANOのアイデアと技術が優れてたってことだよ。あのデモで実用化のめども見えてるし」

凜が尋ねる。

「買収金額はいくらですか？」

「一億だってさ」

素っ気なく賢飛が言うと、千奈美が難色を示す。

「一億けぇ……」

「違う、違う」賢飛が笑って首を振る。「円じゃなくて、ドル。一億ドル」

そこで大輔も千奈美と同じ勘違いをしていたことに気づいた。

「一億ドルって、円にしたら……」

間の抜けた顔で訊く千奈美に、賢飛がさらりと続けた。

「百億円ぐらいかな」

「ひゃっ、百億円！」

大輔と千奈美は同時に叫んだ。さすがの凜も驚いている。

「昨日ピボットして、ローンチもしてないものですよ」

「まっ、おにぎりの効果もあるんじゃない。だってアメリカ人でも腰抜かすぐらい旨かったみたいだから」

百億円でも賢飛は平然としている。賢飛にとってはそれは日常の金額なのだ。

百億円……あと一ヶ月で倒産寸前だった企業に、百億円が入った。大輔の借金など屁でもない金額だ。

「うっ、うち、億万長者になった！」

千奈美が跳びはね、

「やった！！！」

大輔が歓声を上げた。金がないあの苦しい日々が、ぐるんと百八十度回転した気分だ。

「嘘だろ……百億円……」

呆然と打ちひしがれている雅敏に、賢飛がからかうように声をかける。

「おい、おまえ、早くパパに報告に行ってこい。僕達の完敗ですってね」

屈辱からか、ぐにゃりと雅敏の顔が歪んだ。それからそそくさと立ち去っていく。

賢飛が大輔の肩に手を置いた。

「大輔、なれたな」

「なんにですか？」

「灯台にだよ」

そう賢飛が頼もしそうに微笑むと、大輔は目頭が熱くなった。

修一を、千奈美を信じ切ることができた。百億円以上にそれが何より大輔には嬉しかった。ただ、涙もろいのだけは直せない。感激の涙をごまかすのに、大輔はうつむいていた。

「おい、だから泣くなって」

賢飛の笑い声が高らかに響いた。

6

大輔はパーティー会場にいた。

壇上では起業家の三橋がスピーチをしている。三橋の会社がとうとう上場を果たしたのだ。今日はその祝いのパーティーだった。

あの危機的状況から上場にこぎ着けたことが、大輔は未《いま》だに信じられない。三橋の会社に出資していたあかぼしキャピタルは見事イグジットに成功し、巨額の利益を上げることができた。

隣ではしずくが大きなテーブルに並べられた料理を選んでいる。凜が、洋輔としずくも誘ってくれたのだ。

一流のシェフが作ってくれた豪華料理ばかりなのに、しずくはなぜか唐揚げを食べている。

「おい、せっかくなんだからもっといいもの食べろよ。ローストビーフやトリュフもあるぞ」

「そんなのよくわかんない。ご馳走といったら唐揚げに決まってるでしょ」

しずくが返すと、大輔は苦笑した。貧乏が染みついているが、それも徐々に消えていくだろう。

「あれっ、洋輔は？」

きょろきょろとすると、しずくが指さした。

「あそこにいるよ」

人だかりができている。その中心に白山十一がいて、側に洋輔がいた。そういえば十一がマンションにいた頃から、あの二人は仲がいい。気が合うみたいだ。

今や十一のSSは、最注目のスポーツエンターテインメントだ。というのも結果、先日のスタートアップのピッチコンテストで優勝したのは十一だからだ。

ピッチで十一は、世界的人気のあるボクサーがSSに参戦すると発表し、彼を実際に登壇させたのだ。スーパースターのSS参戦に、会場は大盛り上がりした。

さらに世界一の総合格闘技団体と提携契約を結んだ。そこの選手がSSに参加するというのだ。それは日本を飛び越えて世界的なニュースになった。

賢飛の準備とはこれだったのだ。交渉はすべて賢飛が引き受けた。あの今田賢飛の話ならばとそのボクサーと格闘技団体のCEOが受け入れてくれたのだ。もちろんシリコンバレーの有力者への根回しもあった。賢飛の世界規模の人脈が生きたのだ。

まさかそんな壮大な仕掛けを施しているとは想像外だった。これ以上派手でニュース性のあるピッチはない。

一体ピッチイベントで、賢飛はいくらの収益を上げたのだろうか？　結果、大石勇作が賢飛のために開催した催しになってしまった。知れば知るほど、今田賢飛という男の大きさを思い知らされる。

十一から離れると、洋輔がこっちにやってくる。

「兄ちゃん、ちょっと話があるんだけどいいかな」

「なんだ」

「俺、医者になろうと思っているんだ」

「医者か」

驚いたふりをしたが、大輔は薄々感づいていた。洋輔は成績もいいし、何より優しい男だ。こういう人間にこそ医者になって欲しい。

「洋輔だったら絶対になれる。学費のことは心配するな」

まっ先にそう言ってやる。これまで洋輔が言い出さなかったのは、学費の心配をしていたからだろう。

「ありがとう。俺、頑張るよ」

洋輔が顔を輝かせる。この笑顔が見たくて、大輔は死にもの狂いで奮闘していたのだ。

ふと視線を別の方向にやると、修一と千奈美が大勢の人と談笑している。

金がない……その永遠とも思われる呪縛から、二人のおかげでやっと抜け出せた。あいつらは大輔の親友であり、恩人となった。これからだ。これから俺たち家族の新しい人生がはじまるのだ。

そんな感慨に浸っていると、賢飛が声をかけてきた。

「ちょっと修一と千奈美を連れてきて」

「わかりました」

修一と千奈美を連れて戻ってくると、賢飛は三橋の元に向かった。なるほど。二人を紹介するというわけだ。こうしていろんな人を繋いでいくのも、ベンチャーキャピタリストの仕事だ。

賢飛と一緒にやって来た三橋が修一達と挨拶をすると、賢飛が嬉しそうに声を弾ませた。

「でも三橋、これで悠々自適の生活だな」

「しばらく海外のリゾートでも巡ってのんびりしますよ」

なごやかな会話をする二人に、大輔がつい口を挟んだ。

「リゾートって、三橋さん会社はどうされるんですか？」

「CEOの座は人に譲るよ」

「せっかく上場したのにですか？」

「起業で成功するのと、経営で成功するのはまた話が違うからね」

「やっぱりそういうものですか？」

興味深そうに修一が問うと、三橋が頷く。

「うん。能力としては似て非なるものだよ。起業家に必要なのは火をつける力で、実業家に必要なのはその火を絶やさずに燃やし続ける力だからね。僕に実業家としての力はない。そこは自覚している。それに上場したら会社は株主のものだからね。あいつらの言いなりになるなんて真っ平ごめんだ」

賢飛が口を添える。

「まあそれも一理あるね。シリコンバレーの起業家も、目標はグローバル企業に事業を売って、その売却益を得ることだからね。うまくいけばそれで一生どころか、二、三回生まれ変わっても遊んで暮らせるんだからさ」

「ええ、やっと今までの苦労が報われました」

実感を込めて三橋が言う。大輔は、やつれて頬がこけた三橋の顔を思い出した。三橋からすれば、まさに地獄から天国に生還したようなものだろう。

ほくほくと賢飛が言った。

「三橋、どう？　クルーザー買わない。おすすめあるんだよ」

「いいですね」

「いいなあ。クルーザーで遊ぶの。憧れじゃけぇ」

うっとりと千奈美が言うと、賢飛が笑った。

「何言ってんの。千奈美も金持ちになったじゃん。遊べ、遊べ」

「ほんまじゃ。化粧どころかシャワーもなしで働いたんじゃけえ。うちも海外で遊びまくるぞ」

そう三人で盛り上がっている。

賢飛と三橋と別れると、「二人ともちょっと話がある」と修一が人気《ひとけ》のない廊下へと連れ出した。

千奈美が訝しげに訊いた。

「話ってなんじゃ？」

「二人には悪いが、俺は買収の話は断ろうと思う」

「えっ、なんでじゃ」

大輔と千奈美が同時に、頓狂な声を上げてしまう。修一が真顔で答えた。

「俺は三橋さんと違ってKUMANOに愛着がある。そんな簡単に会社を売ることはできない。この事業を自分の手で大切に育てていきたいんだ。上場を目指すし、上場しても会社を続けたい。どこまで行けるか、自分の力を試したい」

いかにも修一らしい答えだ。正直大輔は、修一がこう言い出す可能性も頭の隅で考えていた。

千奈美ががっくりと肩を落とした。

「百億円が……」

「すまん。せめて上場するまで付き合ってくれ」

気を取り直して、千奈美が胸を張る。

「……まあええ。どうせやったら一千億円企業目指すぞ。ユニコーンになるんじゃ。クルーザーどころか、プライベートジェット買うけぇ」

続けて修一が大輔の方を窺う。

「すまん、大輔。イグジットはもう少し先になるけど……」

大輔は即座に微笑を投げる。

「修一のやりたいようにやれ。イベントは大成功やったんや。KUMANOに投資したい人は大勢おるから金の心配はすんな。俺は応援する」

「そうか」

修一が頬を緩めた。そこには深く濃い、安堵と信頼の色が浮かんでいる。それはこの三人だからこそ見られる、修一の表情だった。

また苦しい道のりが待ち受けているだろうが、この二人となら乗り越えられる。そう大輔は確信していた。

7

「なるほどねえ。買収を拒否するのか」

間延びした声で賢飛が応じる。

翌日、賢飛が出社するとすぐに修一の意見を伝えた。

「で、大輔の意見はどうなの？」

「賛成です」

即答すると、賢飛が確認する。

「ほんとに？　百億円だよ。もったいなくない？」

「いいえ。修一の意思を尊重してやりたいです。お願いします」

「ダメだね」

あっさりと賢飛が退け、大輔はふいをつかれた。

そこまで言うなら好きにしたら……そう賢飛が返してくると大輔は予想していた。

「……なぜですか」

「当たり前じゃん。今の段階で百億円で売れるんだよ。確かにSTORYのアイデアと技術は素晴らしいけど欠点もある」

「どこにそんなのがあるんですか」

「それはユーザー数獲得のためのコストだよ。どれだけ優れたアプリでも使ってもらえないと絵に描いた餅だ。こういうものは最初にどれだけシェアを独占できるかだ。それは大企業じゃないとできない。だったら事業を売って、現時点で利益を確定する方がいい」

納得しそうになったが、修一のためにもここで折れるわけにはいかない。

「ですが修一ならばそんなことをせずとも成功できます。賢飛さんもプレゼンを見たでしょ。あいつにはとてつもない力があるんです」

「なるほど。大輔は修一を信頼しているんだもんね」

大輔が頷く。

「そうです。投資家は起業家を信じる。そして起業家の灯台になる。それが賢飛さんの教えです」

「そうだね。そう教えた。じゃあ、最終レッスンといこうか」

賢飛が真顔になり、緊張が大輔を貫く。

「修一と千奈美を切り捨てろ」

一瞬、賢飛が何を言っているかわからなかった。

「……どういう意味ですか？」

「言葉通りだ。修一の意思などどうでもいい。買収に応じるようにおまえがどうにか説得しろ。そして二人と関係を断て」

「ちょっと待ってください。起業家を信頼しろ。そう言ったのは賢飛さんじゃないですか」

「そうだ。だがそれはすべて金のためだ」

「金のため……」

「起業家を信頼する。灯台になれ。おまえに教えたことはすべて金のためだ。修一は起業家としては向いているが、経営者としてはダメだ。冷静に見えて、一番情を重んじるやつだからな。ドライな判断ができない」

昨日の三橋の話だ。

「まあ修一の経営者としての才覚は別にどうでもいい。修一にどれだけ才能があっても、最終的にはあいつを切るつもりだった。あいつの起業は、大輔、おまえの成長のためだからな」

「どういうことですか。さっぱりわかりません」

「簡単だ。今起きているすべては、俺が仕組んだことだったんだよ」

混乱する頭の中で、何か音がした。それは心の壁に入った亀裂の音だ。

「神崎先生からおまえの話を聞いた」

動揺が大きすぎて声がおかしくなる。

「ちょっ、ちょっと待ってください。どうして神崎先生を知っているんですか？　俺の剣道の師匠を」

「俺も熊野出身で、神崎先生に剣道を教えてもらってたんだ」

衝撃のあまり言葉が出ない。

賢飛は剣道経験者だが、まさか同じ道場の先輩だったなんて……。

「その神崎先生からおまえの話を聞いた。力になってくれと頼まれた。俺もおまえと同じ境遇でな。子供の頃から貧乏で悲惨な暮らしをしていた。神崎先生はそんな俺を助けてくれた。だから俺は神崎先生には恩がある」

思い出した。熊野を離れる際、神崎が言っていた。教え子に大輔と同じような境遇の人間がいたが、彼は成功した。だから大輔もそうなれると。あれは賢飛のことだったのだ。

「そこで調査会社を使い、おまえを徹底的に調べた。身長、体重、経済状況、病歴、趣味嗜好、性格も会う前にわかっていた。洋輔、しずくたち家族のこと、会社での仕事ぶりや上司達との関係性も完璧に知り抜いていた」

何か自分が透明になった気がして、隙間風に吹かれたような寒気を覚えた。

「おまえのすべてを把握してからあの焼き肉屋に行った。給料日に行くとわかっていたからな。出会ったあの日、おまえはこう言ったな。『洋輔としずくを守るためにどうしても金が欲しいって』」

「……はい」

そう、あの日、酒を呑みながら賢飛に吐露した。二人を守ることが自分の初心だと。

「それを聞いて、俺は決めた。おまえに俺のすべてを教えてやるってな。過酷な試練を与えてきたのもそのためだ」

「借金をして出資しろというのも……」

「ああ、そうだ。そこまでの危機感を持って投資してはじめて、ベンチャーキャピタリストとして成長できる。そしてそこまでおまえが信頼の置ける人間など、古い友人しかいない。いずれおまえが必ず修一と千奈美を頼ることはわかっていた」

「もしかして修一や千奈美のことも知ってたんですか？」

「言っただろ。おまえのことは徹底的に調べたって。当然、修一も千奈美についても調べている。

あの二人はおまえをずっと気にしていた。おまえの力になりたいと本気で思っていた。だからその感情を利用して、おまえの試練に使った。

二人が起業に興味があることも好都合だった。まあIT知識のある若い人間で起業に関心がないやつなどいないからな。現代で起業家ほど簡単に金の稼げる職業はない。俺から言わせれば、この世界でベンチャービジネスに興味がない連中なんて馬鹿も同然だ」

軽やかに賢飛が腕を広げる。

「あいつらの生活圏内に俺の顔が出た広告を集中的に投下したり、千奈美が愛読しているフリーペーパーに俺のインタビュー記事を載せたりとまあそれなりに苦労したよ。効果はあったからいいけどね」

そういえば千奈美がフリーペーパーで、賢飛のインタビューを読んだと言っていた。人を意のままに操るためにはそこまでするのか……。

「予想外だったのは大石雅敏のクズぶりだな。あの馬鹿がいい感じでおまえたちの障害になってくれた。障害は成長の最高のスパイスだからな。親を人質にとって治をスパイに仕立てて潜入させるなんて最高のアイデアじゃん。マンガでも重要なのは悪役。クズもあそこまでいくと感心するよな。シリコンバレーにもあんな悪党はなかなかいないぜ」

さもおかしそうに賢飛が肩を揺する。

「でもあいつがそこまでおまえ達を追い込んでくれたからこそ、STORYみたいな秀逸なアイデアが産まれたんだから感謝しないとな。修一だったら苦労はしてもARでそこそこの成功を収められると思っていたけど、これは破格だった。追い詰められると人間信じられない能力を発揮する。俺の理論がまた証明されたね」

大輔は放心していた。何が本当で、何が嘘なのか。どこまでが偶然で、どこまでが仕組まれたことなのか。その境界線がぐにゃぐにゃになる。

賢飛が切っ先鋭く言った。

「さあこれが最後の試練だ。金のためには情など捨てろ。修一と千奈美を切れ。これができれば、おまえを社員にしてやる」

「できません」

我に返ると同時に即答する。当然だ。修一と千奈美を切り捨てるぐらいならば、社員になどなれなくてもかまわない。

「あの言葉は嘘だったのか」

「……何がですか」

「洋輔としずくのために金が欲しい。それが初心だ。おまえのあの言葉は嘘だったのかと言っているんだ」

抑揚のない声で賢飛が問い詰める。大輔はかぶりを振った。

「嘘じゃありません」

その初心が頭から離れたことは一度もない。

「じゃあ何においても金を優先しろ。金がない。それだけでおまえ達は泥の中をもがくような人生を送ってきたんだぞ」

これまでの苦労と屈辱の記憶が胸を焼く。金が欲しい……そう切望し続けてきたあの日々。

賢飛がまっすぐな目で断言する。

「金がすべてじゃない。そんな言葉はゴミくずだ。一切金の苦労などをせず、安穏と暮らしてきた人間のたわごとだ。

いいか、大輔、この世は金がすべてだ。それが世界の真理だ。金さえあれば、洋輔としずくにいいものを食べさせて、いい服を着させてやれる。洋輔を学費の高い医学部にでも行かせてやれる」

心臓が跳ね上がり、胸の奥を強く打ちつける。そんなことまで知っているのか……。

「金の大切さを、俺たちほど理解している人間はいない。

大輔、怪物になれ。金のことだけを考える怪物にだ。そうすれば洋輔としずくを守れるんだ」

狂っている——。

普通の人間が今の賢飛の言葉を聞けば、きっとそう考えるだろう。すべてを金銭でのみ判断する金の亡者だと嫌悪し、軽蔑されるに違いない。

だが大輔には否定できない。それどころか大輔には、その言葉が胸に沁みてならない。金より大切なものはある。そんな薄っぺらい言葉を真に受けられるような生ぬるい人生を、大輔は歩んでこなかった。

金がない……それだけでどれほど自分がみじめな目に遭ってきたか。青春も学歴も未来もすべて奪われた。貧乏ほど唾棄すべきものはこの世にはないと断言できる。

けれど修一と千奈美を捨てるなんて……その激しい葛藤で、大輔は身動きが取れなかった。

「いいか、もう一人の怪物を見せてやる」

そう言うと、賢飛が壁の時計を見た。それからスマホを取り出し、何やら電話をはじめた。

しばらくして何者かが入ってきた。その人物を見て、大輔は目を丸くした。

そこに雅敏がいたのだ。

「おいっ、なんだ。俺に一体なんの用だ」

居心地の悪さと不満とで、雅敏は苛立ちを隠せないでいる。

「まあまあ、ちょっと待たせちゃったのは悪かったけどさあ。こっちもおまえを同席させるように頼まれたからさ」

そう賢飛がなだめると、雅敏が不可解な顔をした。

「頼まれた？　誰にだ」

「すぐにわかるよ」

またスマホで誰かにかける。やがて凜があらわれたが、やけに複雑そうな表情をしている。一体なんだ？

「お待たせしました。大石さん」

賢飛が立ち上がった。大石さん？　凜の背後にもう一人いる。まさか……。

「いえいえ、お忙しいところお邪魔して申し訳ない。今田さん」

大輔は目が点になった。何かの間違いかとまばたきをしたが、その姿は消えなかった。

大石勇作――。

しかも前に見たときとはその表情が異なる。あの厳《いか》めしい面持ちが、今は実に晴れやかでさっぱりした顔になっている。

賢飛と勇作が握手をし、和やかに話している。敵対していた二人が、なぜ談笑しているのだ。戦争をしていた両国の首脳が、いつの間にか仲良く会食をしている。大輔にはそんな風にしか見えなかった。

それは雅敏も同じようだ。啞然としてその光景を見つめ、困惑がその口を半開きにしている。やがて我に返ったように慌てて尋ねた。

「ちょっ、ちょっと待ってくれ。なぜ父さん……じゃなくて頭取とおまえが」

賢飛がにこにこと返した。

「だって俺達仲間だもん。おまえのパパと俺はこれからずっ友《とも》になるんだよ」

仲間？　なんだ。一体何がどうなっているんだ。頭がどうにかなりそうだ。

雅敏が目を見開く。

「どっ、どういうことだ？」

「一成キャピタルのCEOに俺が就任したの。今後一成キャピタルは俺が取り仕切るから。あかぼしキャピタルも傘下に入って、五兆円規模のファンドになるんでよろしくね」

「ごっ、五兆円！」

凜が驚愕の声を上げる。アメリカや中国でもそんな規模のベンチャーキャピタルはめったにない。

目玉が飛び出しそうな顔で雅敏が尋ねる。

「父さん、どういうことですか？　一体何を考えてるんですか？」

勇作が低く、抑えた声で返す。

「簡単だ。今田さんに任せるのが一番合理的だ。そう判断したからだ」

「合理的って……今田賢飛はうちのライバルじゃないですか」

「だからなんだ。適材適所。能力のあるものに任せる。それがビジネスだ。そうでなければ金は入ってこない」

「そんな……」

愕然とする雅敏に、賢飛が説明する。

「俺が頭取に提案したんだよ。一成キャピタルを俺に任せてくれたら日本を変えられる。アメリカや中国に負けないくらいのベンチャー大国にできる。だから俺の実力を見てくれってさ」

そうか。ピッチコンテストで十一に優勝させたことも、KUMANOの買収もそういう意図があったのか。いつの間にか、賢飛はあの場を自身のテスト会場にしていたのだ。

「大石さんもベンチャービジネスは若さと直感がものを言う世界だと重々承知されていた。何せとんでもなく急激に変化する世界だからね。スマホも満足に使えない老人にこの国を任せていたら、日本経済は沈没すると危惧されていた。

だからベンチャーの世界に火をつけようと、一成キャピタルを設立された。そしておまえに期待していた。何せ若いからね」

賢飛が雅敏を指さす。

「だけどおまえは若いだけで、馬鹿だった。大石さんみたいな人物でも自分の子供への評価は甘くなる。いやあ人間って面白いね」

勇作が、恐縮気味に首を横に振る。

「耳が痛いですな。もう少しできるものかと期待していましたが……」

「まあ息子さんは金儲けに大切な非情さと狡猾《こうかつ》さはありましたけどね。でもただそれだけ。肝心の頭がなかったですね」

やれやれと勇作が肩をすくめた。

「結果そうなってしまいました。こいつはどこかの子会社にでも預け、こちらのビジネスには一切手を出させません」

「それがいいですよ。江戸時代の商家もできの悪い子供には跡を継がせず、優秀な奉公人を番頭にしてましたからね。馬鹿な子供には適当に小銭を与えて遊ばせておくのが一番いい。いやあ昔の人間の知恵ってのはたいしたもんだ」

快活に賢飛が笑い、嬉々として雅敏に言った。

「よかったな。一生遊んで暮らせるぞ。ただ仕事はするなよ。周りに迷惑がかかるからな。馬鹿は遊んで寝てろ」

雅敏は反応しない。その表情からはいつもの傲慢さや粗暴さは消えている。いや、それどころか感情すべてがない。魂が抜け落ちたように、つっ立っている。

大輔は、賢飛と勇作を交互に見た。

敵への対抗心も、子供への愛情も、人間としての感情すべてを切り捨てる。なぜならそれは、金儲けには一切必要ないからだ。

これが金の怪物か……大輔は思い知らされた気分だった。

凜の案内で、勇作と雅敏が退室する。雅敏は目が虚《うつ》ろで、見るも無惨な姿に変わり果てていた。

賢飛が肩を上下に揺する。

「いやあ、見た？　大輔。雅敏のあの顔。散々あいつに嫌がらせされてきたんだからさ、すっとしたでしょ」

大輔のために仕返しをしたという感じだ。はじめて賢飛と会ったとき、賢飛は大輔の上司の富江を叩きのめしてくれた。そのヒーローのような振る舞いを見て、大輔は賢飛と同じベンチャーキャピタリストを志したのだ。

だがあのときの、胸がすくような爽快感と熱はどこにもない。冷徹さと非情さの極致を見せられ、すべての感情が凍りついている。

賢飛の顔から笑みが消えた。

「さあ、最後の試練だ」

どくんと心臓が波打つ。

「修一と千奈美を切ってこい。怪物になるために、人間としての感情をすべて捨てろ。それができたら連絡しろ」

そう言い残し、賢飛がその場を去った。

心の亀裂は無数に生じ、音もなく粉々に砕け散った……あとに残るものは、一体なんだ？　それを確認する勇気を持てず、大輔はただただ立ち尽くしていた。

8

「どうした。こんなところに呼び出して」

首を傾げて修一が尋ねてくる。

「ほんまじゃ。また東京タワー見たなったんか？」

千奈美も不思議そうにしている。

目の前には東京タワーがそびえ立っている。東京で二人と再会したときと同じ待ち合わせ場所だ。

ただ大輔にはそれが東京の象徴には見えない。上京する若者の希望と夢を食いちぎる、鉄の化けものとしてその目には映っている。

息を吸い、大輔は意を決して声を吐き出した。

「単刀直入に言う。ＫＵＭＡＮＯは売る」

これが大輔の出した結論だった。怪物になると決めたのだ。

修一と千奈美の表情が強ばった。修一が慎重に尋ねる。

「それは賢飛さんの意見か……」

「いや、違う。俺の意見じゃ。修一、おまえは経営者の器やない。おまえがこれからＫＵＭＡＮＯを大きくできるとは思えん。ここで売るのが最善じゃ」

「なんじゃと」

修一のこめかみがぴくりと動き、千奈美が声を乱した。

「なんで今さらそんなこと言うんじゃ。昨日は応援する言うちょったじゃろ。どうしたんじゃ」

大輔が叫んだ。

「金のためや！　金のために今売る言うとるんじゃ！」

「金がそんなに大切なんか」

目を剝いて怒鳴る千奈美に、大輔が感情を爆発させる。

「おまえらに何がわかるんじゃ。おまえらが親の金で楽しく大学に通っている間、俺は死ぬ気で働いとった。かんかん照りで外に出るだけで熱射病になるような猛暑でも、体が震えるような寒さの中でも現場に行った。筋肉痛に悲鳴を上げながら、半泣きになってクソ重いコンクリの袋を運んどった。高校中退やいうて、上司に馬鹿にされていびられとった。全部、全部金がないせいや。俺の気持ちがおまえらにわかるんか！」

嫌だ。嫌だ。もう二度とあんな目に遭いたくはない。金がない不安で一睡もできない。そんな夜を二度と過ごしたくない。そして何より、洋輔としずくに自分と同じ辛酸は嘗めさせない。

修一、千奈美……俺を救ってくれたおまえらを捨ててでも、裏切ってでも……それが、俺の覚悟だ。

しんと静まり返る。修一と千奈美の目には怒りはなかった。そこには哀れみと寂しさが浮かんでいた。そのまなざしが大輔の心をかき乱す。

修一がぼそりと言った。

「……わかった。会社は売る」

はっとしたように千奈美が確認する。

「ええんか、修一」

「ええ」

修一が頷いた。

「けれど大輔、おまえは俺たちよりも金をとったんじゃ。二度と連絡すんな。顔も見たない」

修一が踵を返して歩み出した。迷っている様子の千奈美に、「行くぞ」と修一が促した。千奈美が急いでその背中を追いかける。

二人が去る……それは大輔から友情と、人間としての心が消えることを意味していた。そして悟った。

修一と千奈美とは違う道を歩いていた。なのに一緒の道だと錯覚してしまったんだと。そうだ。たとえ親友でも、俺は同じ道を歩けないんだ……それが自分の業なのだ。

スマホを取り出し、電話をかける。

「……賢飛さん、今二人に話しました。修一は売却を承知しました」

「自分を救ってくれた親友を捨てられたってわけね」

「はい」

「どう気分は？」

大輔が唇を歪めた。

「クソみたいな気分です。でも……」

「でも、何？」

「悪くないです」

賢飛が調子よく笑った。

「いいね。それが怪物への第一歩だ。最終試験合格だよ、大輔。今日からおまえはうちの正社員だ」

「ありがとうございます」

電話を切ると、大輔は東京タワーを見上げた。その赤く燃える搭にこう誓った。

いいか、俺は他の人間のようにおまえに食われない。

怪物だ。俺も賢飛や勇作のような怪物になってやる。

ふと気づくと口角が上がり、いつの間にか笑みを浮かべていた。自分の中にそんな表情があることに驚いたが、すぐに、それを誇らしく感じた。

そしてその笑みを堪能するように、高らかな笑い声を上げた。

第五章　怪物

1

日比亮介《ひびりょうすけ》は部屋でパソコンのキーボードを打っていた。

最新のゲーム機をＥＣサイトで購入できた。出品されれば一瞬で消える超人気商品だが、いとも簡単に手に入れられた。これをオークションサイトで売れば、かなりの収益になる。

ゲーム機の購入は、自動化されたソフトウェアが勝手にやってくれた。俗にいうボットと呼ばれるものだ。裏サイトで高値で買ったボットだったが、やはり購入してよかった。素晴らしい性能で、ＥＣサイト側も対策が取れないでいる。

亮介は転売で生計を立てていた。人気の商品やレアグッズ、入手困難なプレミアチケットなどを安く仕入れ、それを高値で売りさばいている。俗に言う『転売屋』だ。

転売屋をやっていると言うと、「おまえみたいなやつらがいるから正規の値段で物が買えない」と非難してくるものもいるが、亮介はそんな連中をせせら笑っている。

安く仕入れて高く売るのはビジネスの基本だ。転売屋が悪いのならば、世の中のビジネスマンは全員悪人になる。ほんと世の中は偽善者と馬鹿ばかりだ。

達成感に浸りながら、亮介はゆっくりと天井を見上げた。

「萌歌《もえか》ちゃん、俺今日も頑張ったよ」

アイドルの馬場《ばば》萌歌のポスターが一面に貼ってあった。天井だけではなく、壁にも隙間なくポスターを貼り、部屋はグッズで埋まっている。ここは馬場萌歌一色で染まっていた。

萌歌はあるアイドルグループの一員だ。十四歳の頃にデビューし、今では押しも押されもせぬトップアイドルに成長している。

天使があらわれた……デビュー当時の萌歌を見て、亮介は衝撃を受けた。官能が、どくどくと脈打つ感覚が明確にわかるほどだった。

まだ幼さは残っていたが、そんなものは亮介には関係ない。彼女は可憐《かれん》で美しく、光り輝いている。それまで応援していたアイドルなど脳裏から消滅するほど、萌歌は破格の美貌だった。萌歌こそが本物のアイドルなのだ。

それから亮介は馬場萌歌に夢中になった。彼女が公演するときは全国各地の劇場に足を運び、声を嗄らして応援した。ＣＤを購入すれば、握手会と呼ばれるイベントで彼女と握手ができる。亮介はそのため大量のＣＤを購入し、彼女のグッズが出ればすべて購入した。

さらに萌歌が好きそうなものを買ってはプレゼントに励んだ。収入の大半を彼女のために使っていた。馬場萌歌が亮介の人生すべてだった。

二十二歳になった萌歌はアイドルの頂点に立った。彼女は自分が育てたという自負が亮介にはある。何せデビュー直後から応援していたのだ。握手会にあれだけ足繁く通っていたのだから、萌歌も亮介の顔と名前を覚えてくれているだろう。

もうすぐ萌歌の誕生日だ。高価なプレゼントをするためにはもう少し稼がなければ。亮介は、二リットルボトルのコーラをぐいっと呑み干した。このコーラとジャンクフードのせいで、めっきり体重が増えてしまった。最近は歩くだけで息切れがするほどだ。ただ萌歌が太った人は可愛くて好きだと言っていたので、まったく気にならない。

げっぷをすると同時にパソコンから音が響いた。馬場萌歌関連のニュースが入ると知らせるように設定している。

何かまた映画かドラマの主演でも決まったのだろうか？　正直女優の仕事はして欲しくない。中身が空っぽの男優と萌歌のラブシーンなど見たくはない。お芝居だとわかっていても虫唾が走り、その男優を八つ裂きにしたくなる衝動に駆られる。

けれど萌歌のためには歯を食いしばって堪えなければならない。女優業進出は彼女のステップアップのために必要なのだ。亮介はそう何度も何度も自分に言い聞かせ、どうにか折り合いをつけた。ただ事務所は、ゴミ俳優どもを萌歌に近づけないように細心の注意を払う必要がある。あと、出演作の宣伝で出るバラエティー番組の若手のクズ芸人どもも要注意だ。

また忠告のメールを打っておくか。そう思ってニュースサイトを開いた瞬間、亮介は硬直した。目に飛び込んできた見出しに、酸欠のような状態に陥る。

『馬場萌歌、熱愛発覚！』

そんな馬鹿な……萌歌の所属するアイドルグループは恋愛が禁止されているし、萌歌はそんなものに興味がない。萌歌の彼氏は萌歌を応援してくれているファンのみんなだ。そう本人自身が明言していたではないか。

相手は、相手は誰だ？　ゴミ俳優の誰かか？　それともクズ芸人か？　こんな事態になるのならば、女優業など反対するべきだった。

息を止めながら記事を読むと、萌歌の相手はどちらでもなかった。

「今田賢飛だと……」

その名は聞いたことがある。

確か三年くらい前、日本最大のファンド、一成キャピタルのCEOとして新聞やテレビで取り上げられはじめた。それ自体なんのことだかよくわからないが、五兆円という、これも金額が大きすぎて亮介の理解できない金を動かすとかで、SNSのフォロワー数も多く、偉そうな物言いと派手な金遣いで、テレビのワイドショーにも出ていた。

亮介は、以前から今田が気に食わなかった。自分よりも年下で、亮介が一生かかっても得られないような大金を得ている。以前今田が転売屋を小馬鹿にした発言をして、ますますその嫌悪感は増した。

そんな男が、俺の馬場萌歌と付き合っている……。

ふざけるな。ふざけるな。脳と頭蓋骨の隙間に強烈な怒りが潜り込み、亮介の指に指示を与えた。急いで今田のSNSを開き、そこにこう書き込んだ。

『馬場萌歌と今すぐに別れろ。でなければおまえを殺す』

2

「大輔、見てみろよ。こいつの演技」

ソファーに座った賢飛が、大輔に声をかけてくる。

賢飛の隣にいる馬場萌歌が、「もういいでしょ。私演技下手なんだもん」とふくれっ面になる。ただあまりに美人過ぎるので、その不機嫌な顔も様になっている。何度も彼女と会っているのに見飽きない。どんな表情でも見栄えする。だから日本中の男性を虜にできているのだろう。さすがトップアイドルだ。

「俺は上手だと思いますけど」

大輔がフォローすると、「ほらっ、大輔君はこう言ってるじゃん」と萌歌が機嫌を直した。

大型のテレビで、萌歌が出演しているドラマを見ているのだ。画面に映る女優を隣にはべらせてドラマを見る。これほど贅沢な鑑賞方法はない。

辺りを見回すと、大勢の人が談笑している。著名な起業家、投資家のみならずモデルやタレントなどの芸能人も数多い。大きな窓の向こうでは、プールで水着を着た男女達が遊んでいる。プールの横には露天風呂もあり、そこで酒を呑んでいる者もいる。源泉掛け流しの温泉だ。

ここは、箱根にある賢飛の別荘だった。

賢飛が贅の限りを尽くして建設したものだ。広々したリビングには高級ソファーと大型テレビ、さらにはグランドピアノがある。何千万もする最高級のピアノだ。今、有名なミュージシャンが曲を奏でている。

左手のガラスの向こうには、賢飛のコレクションであるクラシックカーが並んでいる。一台で家一軒ほどの値段のものばかりだ。さらには一万本以上は収納できるワインセラーもある。その高級ワインを惜しげもなく客達に振る舞っていた。

キッチンでは寿司職人が寿司を握っている。賢飛の行きつけの寿司屋の職人が、出張でやって来てくれているのだ。

月に一度ほど、ここで盛大なパーティーが開かれる。東京とは違ってマスコミの目がないので、羽目を外して騒ぐことができる。

萌歌がうんざりした様子で伸びをした。

「あー、明日の握手会出たくない。ここでケンケンと一緒にいたい」

ケンケンとは賢飛のことだ。賢飛が皿の上のイチゴを摘まみ、口に投げ入れた。一粒で千円もするイチゴだ。

「休めばいいじゃん」

「そんなことできるわけないでしょ。事務所に怒られるじゃん。ただでさえケンケンと付き合っているのバレて、とんでもないことになったんだから」

つい先日、賢飛と萌歌の交際現場を週刊誌にスクープされたのだ。トップアイドルとベンチャービジネスの風雲児のカップル誕生に、世間は騒いだ。どの芸能ニュースでもその話題で持ちきりだ。

「あー、もう仕事なんて全部ほっぽり出して海外で遊びたいな」

賢飛が気楽な口ぶりで言う。

「じゃあアイドル辞めちゃえよ。仕事やりたくないんだろ。モテない男ども相手に愛想振りまくの嫌だって言ってたじゃん。元々芸能界に入ったのも、親が勝手にやったんだろ」

「そんな簡単に辞められないよ」

大輔も口を添える。

「そうですよ。萌歌さんと事務所の契約もあるじゃないですか」

不思議そうに、賢飛が眉を上げた。

「なんで？　契約なんていっても結局金だろ。金渡しときゃ、あいつら何も言わねえよ。それでも文句言ってくるんだったら、弁護士を使えばいい。だいたい日本の芸能事務所の契約なんてむちゃくちゃなんだからさ。蜂谷《はちや》にやらせたら逆に金取ってくるんじゃねえの」

蜂谷とは賢飛のお抱えの弁護士だ。イェール大学のロースクール出身で、警察官の前で殺人を犯しても無罪を勝ち取れると言われるほどの敏腕弁護士だ。

「いいのかな？　やめちゃっても」

萌歌がその気になっている。

「いい、いい。ずっと頑張ってきたんだしさ。そうだ。俺のプライベートジェットでしばらく海外で遊ぶか。ニースに最高のホテル見つけたんだよ」

「うん。遊ぶ、遊ぶ。ケンケン、大好き」

萌歌が賢飛の頬にキスをした。

二人にしておこうと、大輔がバーカウンターに行くと、凛が一人で呑んでいた。バーテンに頼み、凛と同じワインをもらう。

「あー、もう何この馬鹿騒ぎ。ほんと嫌」

辟易《へきえき》した感じで凛が顔をしかめる。大輔は苦笑する。

「賢飛さんがやりたいんだから仕方ないですよ。それに、目標になっているみたいですよ」

「何が」

「起業家で成功したら、この別荘に呼んでもらえるって。みんな張り切ってますよ」

「何それ？　ほんと男って馬鹿ね」

「でも賢飛さんがマスコミに出て派手なことをしてから、起業家志望の人間が増えてますよ。自分たちもああなりたいって」

「お金持ちになったらアイドルと付き合えるもんね」

皮肉混じりに凜がソファーに目を投げると、賢飛と萌歌がいちゃついていた。

凜は知らないが、賢飛と萌歌の逢い引きの現場をリークしたのは賢飛自身だ。大金持ちになればトップアイドルとも付き合えることを世間に見せつけるためだった。

複雑そうに、凜がワインを口にする。

「……まあアメリカでは成功した起業家は憧れの的だからね。日本もそうなって欲しいっていうのはあるけど」

「だからこれがいいんじゃないですか。シリコンバレーのように、『Ｗｏｒｋ　Ｈａｒｄ，Ｐａｒｔｙ　Ｈａｒｄ』（ハードに働き、ハードにパーティーする）をしましょうよ」

「シリコンバレーでも日本でも男の考えることは一緒ね。やだやだ」

凜が首を横に振る。

シリコンバレーで成功したベンチャー創業者は、自分も従業員も寝ずに働く一方、こんな風な常軌を逸した遊び方をする。そのシリコンバレーの文化を、賢飛は日本に持ち込んでいるのだ。

「でもさすがにあのＳＮＳは止《や》めてくれないかしら」

ＳＮＳ上での賢飛は過激そのものだ。賢飛の成金ぶりを非難する人間をこきおろし、質素倹約や清貧を徹底的に罵倒する。目の玉が飛び出るような額のクラシックカーに乗る姿や、何百万円ものワインを呑む姿をアップしていた。

だから賢飛のＳＮＳは常に炎上している。特に今回の萌歌との熱愛発覚で、萌歌ファンが烈火のごとく怒っている。さらに賢飛がその手の連中をあおるので、街を焼き尽くすほどの大火事となっている。

正直大輔から見ても賢飛の言動には眉をひそめるところはあるが、今や今田賢飛の名は田舎のおじいちゃんおばあちゃんでも知っている。賢飛に憧れる若者も増えて、一成キャピタルの出資を受けたい若手起業家が列をなすほどだ。この結果を見れば、賢飛の戦略は大成功だ。

凜が話題を変える。

「近々、十一さんの様子を見に行ってくれない？」

「次のファンドがそろそろですもんね」

ベンチャー企業では期限を切って、『〇号ファンド』という形で資金を集める。十一のＳＳは今や大人気スポーツへと成長した。企業価値は高まったので、世界進出のためにさらに出資を募るのだ。一成キャピタルだけでなく他の大手ベンチャーキャピタルからもお金を集めた方が、俄然信用度が増してくる。

「十一さんもこういうパーティーに来て、人脈を広げて欲しいんですけどね」

そこが大輔にとっては不満だった。十一は経営者として必要な社交性に欠けている。本当に相撲にしか関心がないのだ。

「まあまあ、そういう部分をサポートするのが私達の役目でしょ。とにかく頼んだわ」

「……わかりました。ちょっと様子見てきます」

大輔が了承すると、凜が続けざまに尋ねる。

「昨日のピッチはどうだったの？」

大輔は苦笑で返した。

「ダメですね。あのビジネスモデルで半年後に損益分岐点を超えるなんてありえない。市場分析も無茶苦茶ですよ。それに何よりあの起業家に魅力を感じない」

「そう」凜が軽い調子で応じる。「それにしてもあなた、ずいぶんベンチャーキャピタリストっぽくなったわね」

「ありがとうございます」

この二年間、大輔は投資家として必要なあらゆる要素を学んできた。ファイナンスの知識はもちろん、調査スキルも身につけた。投資条件や契約関係を完璧に整えて、タフな交渉もできるようになってきた。膨大な数のベンチャー起業家や関係者と会い、人脈も豊富になった。成長しているのは自分でも実感している。

「スーツも板についてきたし、身のこなしも洗練されてきたわ」

老舗《しにせ》のテーラーで仕立ててもらったスーツだ。トレーナーもつけて、テーブルマナーや歩き方、喋り方なども学んでいる。骨身まで染み込んだ貧乏くささを、懸命に取り除く努力を続けていた。

凜が、まじまじと大輔の顔を見つめた。

「色もずいぶん白くなったわね」

「やめてくださいよ」

思わず不快さがこぼれてしまった。あの肉体労働で日焼けした肌は、大輔にとって忘れ去りたいことの一つだった。

「……でも」

凜が何かを言いかけて首を横に振る。

「ううん、なんでもないわ」

少し気になる言い回しだが、大輔は無視して誘った。

「それより風林さん、テラスで呑みませんか。今日は風が気持ちいいですよ」

「生意気、私を口説こうなんて百年早いわよ」

そう笑い飛ばすと、凜がグラスを持って軽やかに立ち去った。ふうと大輔は肩を落としたが、感触は悪くない。

凜を誘うなんて以前では考えられなかったが、今ではそれができる。それもこれも金を稼げるようになって自信がついたからだ。大輔の給料は、同じ年のサラリーマンと比べてもかなり高額だった。

一流大卒のやつらよりも、高卒の俺の方が稼いでいる。しかも最難関の就職先と言われている一成キャピタルに勤めているのだ。これほど痛快なことがあるか。満足感に浸りながら、大輔はワインを口に含んだ。

3

大輔はレストランにいた。

ミシュランで三つ星を獲得したフランス料理の名店だ。予約に一年待ちで、一見の客は断られるが、賢飛の紹介で席をとってもらえたのだ。日本で最高峰の店だと言っていいだろう。

目の前には、洋輔としずくがいる。二人とも正装だ。今日は二人の二十歳の誕生日だ。大きくなったな、と大輔は目を細めた。

今洋輔は医大生で、しずくは経済学部に通っている。どちらも一流の大学だ。

大学生になった二人の二十歳の記念すべき日を、こんな最高の店で祝えている。建設現場で働いていたときは、まさかこんな日が来るとは想像もできなかった。すべては金のおかげだ、と大輔は一人悦に入った。

「どうだ。いい店だろ？」

そう大輔が訊くと、洋輔が強ばった顔で辺りを見回す。

「なんか緊張するよ。こんなスーツ着て食べなきゃダメだし」

しずくも同意する。

「うん。私、昔行ってた焼き肉屋でよかったのに」

昔給料日に必ず訪れていたあの店だ。大輔は不快そうに口を曲げた。

「おい、おい、あんな汚い店でおまえ達の大事な二十歳の誕生日を祝えるかよ。客層も最低だったしな。あんな店に行きたいなんて二度と言うなよ」

「……ごめんなさい」

しずくがしょんぼりと謝った。

豪勢な料理が次から次へと運ばれ、大輔は舌鼓を打った。やはりこの店にして良かったと満足そうに二人を見たが、洋輔もしずくも大して喜んでいない。

「どうした？　旨いだろ」

洋輔が慌てて返した。

「いや、ちょっと食べ慣れなくて」

ナイフとフォークの使い方が二人ともぎこちない。それにまだ舌が肥えていないので、この料理の素晴らしさがわからない様子だ。貧乏はやはり罪だと大輔は嘆息した。

「それより大学はどうなんだ？」

忙しくて二人とゆっくり話す暇もない。今日はいい機会だ。

「うん、まあ忙しいよ」

洋輔が手を止めて答える。

「どこかの病院に勤めて、ある程度経験を積んだら開業すればいいからな。開業医の方が断然儲かる」

「……儲かるとかそんなのどうでもいいよ」

なぜか洋輔が不機嫌になる。

「どうでもいいことないだろ」

「俺は金儲けのために医者になりたいんじゃない。大勢の人を助けたいから医者になりたいんだ。みんなそうだよ」

大輔は鼻で笑い飛ばした。

「それは綺麗事だ。医者が儲かるからみんな医者になるんだ。給料が安かったら誰も医者なんて志さない。あんなに猛勉強して高額の学費を払ってでも医者になりたがるのは、みんな金儲けがしたいだけだ」

「ああ、もういい。俺、帰る」

うんざりしたように立ち上がる洋輔を、大輔は止める。

「おい、何言ってるんだ。まだコースの途中だろ」

「いらない」

洋輔が席を立つと、「洋輔」としずくがあとを追いかけていった。ぽつんと一人取り残される。テーブルの料理が豪勢な分、より孤独感が際立ってしまう。

むしゃくしゃして、大輔はナプキンを外した。


「なるほど。ちょっとこれじゃあ上場審査ではねられるか」

パソコンのモニターを見て、賢飛が頭の後ろで手を組んだ。

翌日、大輔は賢飛と打ち合わせをしていた。

ただ場所はいつものオフィスではない。出資先の会社の会議室を借りている。

「はい」

「じゃあ架空取引で水増ししよっか。前と同じ手口でいこう。あいつに言っといて」

「わかりました」

大輔が了承する。

最近は金を集めるだけ集めて上場を先延ばしにする傾向にあるが、やはり上場は成功の結果としてわかりやすい。一成キャピタルの出資先が上場すればするほど、賢飛の実績も上がる。

企業が上場を果たすには、上場審査を通らなければならない。当然経営状態が良好でないと、審査基準は満たさない。だから上場企業には信用があるのだ。

とはいえすべての投資先がうまくいくはずもない。そこで賢飛は、架空取引により赤字の決算を黒字に変え、虚偽の有価証券報告書を作成して提出させようというのだ。

れっきとした犯罪行為だが、賢飛はひそかに子飼いの監査法人を使いうまく隠蔽している。さらに二重三重に露見しないための防止策を巡らせている上に、金を握らせて検察にも影響を及ぼしているそうだ。賢飛はこの手法を、『ハニカム構造リスクヘッジ』と名付けていた。

囲碁の名人のように盤面を支配し、意のままに人を動かす。それが賢飛の最大の能力だ。

しかもこういう行為はほんの一部だ。大輔は詳しくは知らないが、賢飛は他にも犯罪行為で利益を得ている。デジタルマネーほど犯罪と相性のいいものはないと賢飛は豪語し、仮想通貨を利用したマネーロンダリングにも手を染めている。

それには大石勇作が手を貸している。政財界に強大なパイプを持つ大石勇作と今田賢飛が手を組めばなんでもできる。とにかく二人は、日本のベンチャー機運をどう高めるかだけを考えている。

若者の起業意識こそが、経済活動を活発にする。そこから世界を代表するグローバル企業を産みたい。もちろんそれは公のためなどではない。自分たちが巨万の富を得るためだ。

一成キャピタルのCEOに就任してからというもの、賢飛は金のためにならなんでもするようになった。こんな裏の顔も作りはじめたのだ。

そしてその裏の顔を知っているのは、大輔とほんの一部の人間だけだ。凛にも知らされていない。だからわざわざこんなところで会議をする。

それだけ賢飛は大輔を寵愛《ちょうあい》しているのだ。大輔を、第二の今田賢飛にしてくれようとしているのをひしひしと感じる。自分も怪物になれるのだと思うと、大輔は胸が弾む。

賢飛が妙な顔をして指摘する。

「どったの、突然にやにやして」

我知らずあの笑みが浮かんでいたみたいだ。

「いや、なんでもありません」

咄嗟にごまかすと、賢飛が軽く伸びをした。

「俺、今から山行くから」

「またですか？」

二年ほど前から賢飛は、山での一人キャンプにはまっている。恋人の萌歌はもちろん、大輔も凛も誰も連れて行かず、一人でこもるのだ。

普段何かと忙しい賢飛が、唯一一人になれる時間だ。息抜きは必要だと思うのだが、最近その回数が増えている。

「何、悪いの？」

「いや、そういうわけではないんですが」

まあ一人で壮大な構想でも練っているのだろう。大輔はそう自分を納得させた。

4
「十一さん、調子はどうですか」

大輔は十一に声をかけた。

「大輔君、久しぶりだな」

十一が顔を輝かせる。

表参道にあるＳＳのジム。有名なデザイナーを雇ってブランディングをしてもらっているので、お洒落で華やかな内装だ。

動きやすい服の上にスポーツまわしを着けた人たちが、相撲の練習をしている。床にはマットが敷かれ、あちこちに円が描かれている。ＳＳでは土俵ではなくマットで試合をする。だから土で汚れることもない。

このジムで相撲を教えているのだ。プロのＳＳ選手もいるが、女性も多い。ＳＳの普及で、ダイエット目的に相撲を習う人が増えている。

次のファンドで金を集めれば、このＳＳのジムを世界各地でチェーン展開する予定だ。インストラクターの養成も必要となるだろう。柔道や剣道のように段位制度を設けようかという話もしている。

「盛況ですね」

「うん。会員数も増えてるよ」

十一は満足そうだ。SSは順調なので、不安はなさそうだ。

「どうですか。これから食事でも」

「えっ、今日？」

「何か予定でも？」

「うん。あ、でも大輔君とならぜんぜんいいよ。一緒に行こう」

十一が笑顔で了承した。


「ここですか？」

十一が予約していたという店の前に来て、大輔はたまげた。それは大輔がよく知っている店、昔よく通っていた焼き肉屋だった。

「十一さん、この店知ってるんですか」

「いや、知らないけど二人がこの店がいいって言うから」

「二人？」

大輔が首を傾げると、「十一さん」と背後から声がしたので振り向いた。

洋輔としずくがいた。二人も目を丸くしている。大輔はあの誕生日祝いのレストランの一件以来、二人とは会っていなかった。

しずくが大輔を指差す。

「なっ、なんで兄ちゃんがいるの？」

笑いながら十一が答える。

「偶然さっき会ったんだ。洋輔としずくの二十歳の誕生日パーティーだからな。せっかくだから大輔君もいた方がいいだろ」

「誕生日パーティーって……？」

「うん。洋輔としずくの二十歳のお祝いがしたいから何が食べたいって訊いたら、二人がここの焼き肉がいいって」

大輔が二人を見ると、洋輔としずくは気まずそうに顔を伏せた。特別に予約した三つ星の店より、こんな汚い焼き肉屋の方がいいのか……大輔は腹立たしかったが、十一の手前怒鳴ることもできない。荒れる気持ちを強引になだめた。

店に入ると、もうもうとした煙が立ちこめていて、思わず眉間にしわが寄った。

どんと背中に誰かが当たる。作業着姿の中年男性だ。

「悪い、兄ちゃん」と赤ら顔で謝るが、大輔は当たった箇所が汚れていないか気が気でない。このスーツはいくらすると思っているんだ。おまえのその雑巾みたいな作業着とは比べものにならない値段だぞ。大輔はそう叫びたくなった。

憤然とする気持ちを押し殺して席に着く。

「洋輔、しずく、誕生日おめでとう」

十一がビールジョッキを掲げ、それに大輔達が合わせる。ビールなど呑みたくもないが、この店にワインはない。あっても安物だろう。仕方なく大輔はビールを呑んだ。

肉を焼いて口に運ぶ。「旨い、旨い」と洋輔としずくは夢中で食べている。こんな安い焼き肉の何が嬉しいんだ。胸の中のささくれがまたひどくなる。

「いやあ、なんか四人でこうして食事するなんて、あの頃を思い出すな」

大輔の心中に反して、十一は上機嫌だ。あの頃とは、全員でマンションに住んでいたときのことだろう。

「たまに食べたいなって思うんだよ。大輔君のもやし炒め。あれは絶品だったなあ」

「うん。兄ちゃんのもやし炒めは最高だった」

洋輔も同意し、「ほんとおいしいもんね」としずくも頷いている。険悪な空気を忘れるほど、つい反応したという口ぶりだ。

大輔にとってあれほど不快な料理はない。貧乏の象徴みたいなものだ。二度ともやしは食べないし作らないと決めている。

十一がどんどん酒を呑み、はしゃいでいる。こんな十一の姿は見たことがない。羽目を外しすぎじゃないかと大輔は心配になった。

「ちょっと十一さん、呑みすぎですよ」

「いっ、いいんだ。今日は特別な日だからさ」

ろれつが回っていない。するとなぜか突然目を潤ませて、十一が大輔を見据える。

「俺、大輔君が立派なベンチャーキャピタリストになってさ。ほんと嬉しいんだ」

「……どうしてですか？」

「だってベンチャーキャピタリストはほんと素晴らしい仕事だよ」

感極まったように十一が言う。泣き上戸《じょうご》だとは知らなかった。

「ずっと相撲ばっかりやってきたけど、こんなに体が小さいだろ。だからSSを思いついたんだ。こんな体格の人間でも、相撲取りとして活躍できる世界を作りたいって。そして世界中の人に相撲の魅力を知って欲しいって」

その経緯はよく知っている。

「でっ、でも、そんなアイデア誰も相手にしてくれなかった。体の小さなやつらが相撲をとって何が面白いんだって……そう馬鹿にされるたびに俺は落ち込んだよ。もうこんなこと止めようかと思った。でっ、でもそんなとき、賢飛さんだけは認めてくれたんだ」

当時のことは大輔も鮮明に覚えている。十一に投げ飛ばされた衝撃を思い出したように、背中が熱を帯びはじめる。

「『二千万円出す』って賢飛さんが言ってくれたとき、本当に嬉しかった。涙が出るくらいね。賢飛さんのおかげで、今SSはこんなに広まっている。あっ、ごめん。もちろん大輔君のおかげでもあるよ」

「僕は何もしてませんよ」

「そんなことないよ。あのもやし炒めに俺は力をもらったんだ。

だからさ、ベンチャーキャピタリストってほんと最高の仕事だよ。俺みたいな夢しかない連中に翼を与えて飛ばせてくれるんだからさ。だから大輔君が賢飛さんみたいになってくれて本当に嬉しいんだ」

ばんばんと十一が大輔の背中を叩いてくる。大輔は鼻の奥がつんとした。そんなことを十一が想ってくれていたなんて……。

十一が意欲満々に言った。

「SSは俺にとってのすべてなんだ。これからもっと、もっと相撲の魅力を伝えたいんだ。だっ、だから、これからも力を貸してよ」

「ええ、わかりました」

大輔は力強く頷いた。


十一が酔い潰れてしまったので、大輔は十一を家まで送ることにした。

洋輔と大輔二人がかりで、十一をタクシーに押し乗せる。運転手に行き先を告げようとすると、洋輔がコンコンと窓を叩いた。

窓を開けると、洋輔が沈んだ表情で呼びかけた。

「……兄ちゃん」

「なんだ」

「ごめん。せっかくあんないいレストラン予約してくれたのに途中で帰っちゃって……」

しゅんとする洋輔を見て、大輔の胸の中のわだかまりが消える。

「久しぶりだったけど、ここの焼き肉はやっぱり旨かったな。また行くか」

「うん。行こ、行こ」

まっ先にしずくが反応し、洋輔がほっと安堵の色を浮かべる。二人の笑顔を見たのは久しぶりだった。もう少しこいつらとの時間を作らないとな、と大輔は反省した。

5

『死ね。このクソ野郎』

亮介は今田のSNSにそう書き込んだ。もはや亮介の日課だ。

続けて別のサイトに移る。スレッド名は、『俺たちから馬場萌歌を奪った今田賢飛を糾弾する会』だ。亮介と同じ馬場萌歌ファンが集まり、毎日のように今田への悪口や暴言を書き込んでいる。

萌歌が今田と付き合っているというニュースで、亮介は激昂《げきこう》した。萌歌が異性交遊をしていたのも衝撃なのに、あまつさえ相手があの今田賢飛なのだ。それならばまだ軽薄な若手俳優と交際してくれた方がましだった。

最近は今田への怒りのせいで、転売の仕事も手につかない。そんなことをする暇があるのならば、今田へ嫌がらせをしなければ。あいつの化けの皮を剥がして、萌歌に正気を戻させるのだ。

そう意気込むと、亮介はまたキーボードを打ちはじめた。


「ねえ、どう思う?」

凜がパソコン画面を見せてきた。賢飛のSNSだ。

『これだけ簡単に稼げるツールがある今の世の中で、金に困っているやつらは自分が馬鹿だと言っているようなものだ。無能＝貧乏人』

その賢飛の書き込みに、批判が殺到している。

「いつものことじゃないですか」

賢飛のＳＮＳと炎上はもはや同義語だ。

「でもほら、これ見て」

凛がスクロールしてみせると、『殺す』『ぶっ殺す』『拷問にかけてから鳥葬にさらす』などなどぶっそうなものが多い。さすがに大輔も眉をひそめる。

「……これはひどいですね」

「そうなの。萌歌ちゃんと付き合いはじめてから急増してて、たぶん萌歌ファンが書き込んでいるみたいなんだけど、あんまりにも数が多くて……」

不安そうに顔を曇らせる凛を見て、大輔も心配になった。もしこれで萌歌が芸能界を引退するニュースが発表されれば、一体どうなるだろうか？

「一度警察に相談した方がいいかもしれませんね」

「でも今田さん、私がそう言ってもちっとも聞いてくれないの。馬鹿は放っておけって。被害届を出さないと警察も動いてくれないから」

「……わかりました。俺からも言っておきます」

翌日、賢飛と打ち合わせをしたあと、大輔はＳＮＳの件を伝えた。だが賢飛はまるで聞かず、反対に頼みごとをしてきた。

「ちょっと頼まれてくれない？」

「なんですか」

「十一なんだけどさ。次のファンドで金を集めたら、SSのCEOを辞めてもらおうと思うんだよね」

あまりにさらりと賢飛が言うので、大輔は耳を疑った。

「……どうしてですか」

「SSを今後世界展開していくことを考えたら、あいつの能力じゃもう限界でしょ。リーダーシップも社交性もない。ただの相撲馬鹿だからね」

その十一の欠点は大輔も問題視していた。だがこの前の十一の話が脳裏でゆらめく。さすがにそれでは気の毒すぎる。

「でもSSは十一さんのものですし、この前話しましたが十一さんもやる気に満ちあふれてましたよ」

はあ、と肩をすくめて賢飛が呆れ混じりに言う。

「今さら何言ってんだよ。やる気なんて関係ないの。ベンチャーキャピタルが出資した企業に、ベテランの経営者をCEOに据えることを要求するなんてよくあることだろ」

「アダルト・スーパービジョンですね……」

『大人の監督』と呼ばれるものだ。

「わかってんじゃゃん。SSの世界進出にはあいつは邪魔。ロケット知らないの？　第一段ロケットは燃料なくなったら切り離すでしょ。それとおんなじ。あいつは第一段ロケット。海に捨てちゃうの。そのことを言ってくれないかな」

「ですがそれでは十一さんがあまりに可哀想で……」

賢飛が声を凄ませた。

「おまえ、俺から一体何を学んでんの」

「……金儲けに情は一切不要」

「そうだろ。他のビジネスならまだしも、SSはうちが出資した中でも目立つビジネスだ。SSがこけたらうちの評価もがた落ちになるんだよ。おまえができないって言うのなら、俺から言う」

「……いえ、俺が言います」

わかっていた。大輔は自分が何をすべきなのかわかっていた。それでも、胸の中で何かがうごめくのを感じた。

6

「何、話って」

こちらを探るように十一が尋ねてくる。ここは一成キャピタルの会議室だ。SSのオフィスでこんな話はできない。

十一の顔を見ると、迷いがぶり返してくる。

賢飛に感謝している。ベンチャーキャピタリストは素晴らしい仕事だ。そう言ってくれた十一に向けて、こんな残酷なことを告げなければならないのか……。

そのときふと、修一と千奈美の顔が頭をよぎった。そうだ。俺は親友を切り捨てて怪物になったんだ。これぐらいなんでもない。

意を決して、大輔は口を開いた。

「単刀直入に言います。十一さん、SSから手を引いてください」

十一の目が点になった。

「……何を言ってるんだい。SSはこれからじゃないか」

「SSを世界規模のスポーツにするには、十一さんでは能力不足です。後任のCEOには経営能力があるスポーツビジネスの専門家を考えています」

「ちょっと待ってくれよ。SSは俺が考えたんだ。俺のすべてなんだ」

声を震わせる十一に、大輔がつきつける。

「これは賢飛さんの判断です」

「けっ、賢飛さんがそう言ったのか。俺じゃ無理だって……」

「そうです」

大輔が頷くと、「そうか、賢飛さんが……」と十一が脱力した。目から活力が消え、灰色にくすんだ。十一の目にこんな種類の色があったのか……。

「大輔君は、大輔君はどう思っているんだい？　君も俺が降りた方がSSにとっていいと思うかい？」

間を置かずに大輔は答える。

「思います。賢飛さんと同意見です」

一瞬でも躊躇《ちゅうちょ》すれば気持ちがぶれる。即答でそれを避けたかった。

大輔は目をこすった。目の前にいる十一が、なんだかぼやけて見えたのだ。

十一が淀んだ声で、慎重に頼んだ。

「……時間が欲しい。ちょっと考えさせてもらえないかな」

くそっ、誰かに相談されたら面倒だ。その保身の気持ちと十一への同情が正面衝突を起こし、
大輔は一瞬言葉に詰まったが、冷静に返した。

「わかりました。なるべく早くお願いします」


三日後、十一から呼び出された。

会議室に入ってすぐに大輔は慄然とした。

いつも元気はつらつとしている十一が憔悴《しょうすい》しきっている。三日間一睡もしていないのか、肌つやがなくやつれ具合がひどい。まるで何十歳も年を取った印象だ。

しかも倒産の危機に瀕《ひん》した起業家達の顔ともまた違う。体の底の生命の栓が抜けたような感じだった。

大丈夫ですかという心配の声を呑み下し、あえて事務的な口調で尋ねる。

「で、結論は出ましたか」

十一が声を絞り出した。

「CEOは降りる。そう賢飛さんに伝えておいてくれ」

ごねられずに助かったが、罪悪感が胸の中を切り刻んだ。その痛みは想像していた以上だった。

それをごまかすように、大輔は陽気に言った。

「十一さん、持ち株売って億万長者ですからね。ぱーっと遊びましょうよ。女優やグラビアモデルを呼んで、どんちゃん騒ぎでもしますか」

「そうだね。お金はたんまりあるんだしね」

十一が力なく微笑み、大輔は胸をなで下ろした。豪遊させてやれば、ビジネスのことなどすぐに忘れるだろう。快楽で人をふぬけにする術《すべ》はもう学んでいる。

立ち去ろうとすると、十一が何気なく言った。

「一つお願いがあるんだけどいいかな?」

「なんですか?」

「大輔君のもやし炒めが食べたいんだ。作ってくれないかな」

その妙な頼みを、大輔はきっぱりと断る。

「すみません。あれ、もう二度と作りたくないんです」

自分の声だが、不快さがまとわりついていた。

「どうしてだい?」

「……昔を思い出したくないんです」

「……そうか。俺とは逆だな」

十一の寂しそうな笑みを見て、大輔の胸の中の痛みが急速にふくらんだ。一生消えないのではと不安になるほど大きいものだった。

その夜、大輔は表参道のバーにいた。呑みに行かないと凜に珍しく誘われたのだ。ただ凜は、浮かない表情で静かにお酒を呑んでいるだけだ。

大輔も口を開く気になれない。好きな銘柄のウィスキーだが、味覚が消えたかのように味がしない。ピアノの生演奏がやけに騒々しく聞こえる。空洞の心に反響しているかのようだ。

凜が尋ねた。

「……十一さん、どうだった」

この話が聞きたくて呼び出したのだろう。十一の件を賢飛から聞いたとき、凜は反対していた。

「受け入れてくれました」

「そう」

言葉少なに返すと、凜はお酒に口をつけた。それからため息を吐いた。

「ねえ、今田さんのことどう思う？」

「どうって？」

「最近おかしいと思うの。いや、最近じゃないわね。一成キャピタルのCEOになってからずっと……儲け優先で、お金のことしか考えなくなってきて」

ちょうど賢飛が裏の顔を作り出した頃だ。

「投資家としては正しい姿ですよ」

「正しい……」

凜はくり返すと、ため息とともにつぶやいた。

「……お金ってそんなに大切なのかしら」

何か自分自身に問いかけるようだった。

「……大切だと思います」

そう答えた瞬間だ。

「本当に？」

無邪気な声が返ってきて大輔はぎくりとした。凜ではない。大輔だ。自分の心がそう尋ねてきたのだ。なんだ、今のは……。

スマホが震えた。洋輔からの着信だ。

「どうした？」

「大変だ。十一さんが事故に遭ったんだ！」


大輔と凜はバーを飛び出し、病院へと到着した。手術室前の廊下にある長椅子には、洋輔としずくが座っていた。照明がしっかりしているはずなのに、二人の表情には陰が差している。

洋輔が気づいて立ち上がった。

「兄ちゃん」

乱れた息のまま大輔が問うた。

「十一さんの容態は？」

「車にはねられたんだけど、命に別状はない。足の骨折で済んだ」

「よかった……やっぱり体が丈夫なのね」

ほっと凜が胸をなで下ろしたが、洋輔が怪訝そうに続ける。

「でも目撃した人によると、十一さん赤信号のままふらふらと道を渡って、それで轢《ひ》かれたそうなんだ。まるで自殺するみたいだったって……」

自殺……。その言葉に大輔は息を詰めた。まさか……。

「何か心当たりはない？」

その洋輔の問いかけに、大輔は口をつぐんだ。凜も黙り込んでいる。二人の異変を洋輔が嗅ぎつけた。

「やっぱり何かあったんだ。何があったの？」

なんでもない——そうごまかそうとした。洋輔としずくには一番知られたくない、大輔のどす黒い腹の中だ。以前の修一と千奈美の件も二人には話していない。

ただなぜかなんの制止もなく、口から声が漏れ出た。

「……十一さんに、SSを辞めるように言った」

洋輔の目が大きく開き、瞳が激しく揺れた。

「……なんでだよ」

「SSをさらに大きくするには十一さんでは力不足だと判断したからだ」

洋輔が甲高い声で怒鳴った。

「何考えてんだよ。SSは十一さんが必死で大きくしたもんだろ。それは兄ちゃんも一緒に見てきただろ」

洋輔がここまで激昂する姿を見たことがない。

しずくも立って非難の声で追随する。

「そうよ。十一さんが可哀想じゃない」

大輔が一喝する。

「うるさい！　俺たちの世界では当然のことだ。おまえらは黙ってろ！」

「これが黙ってられるかよ。兄ちゃんのせいで十一さんは死のうとしたんだぞ。人が必死で育ててきた大事なものを金のために奪うなんて……そんなの、そんなの人間のやることじゃない」

洋輔がなじる声が、胸をざわつかせる。そして洋輔の目を見て慄然とした。そこには濃厚な軽蔑の色が浮かんでいた。俺は、実の弟にこんな目を向けられるようなことをしたのか……。

「おまえらに何がわかるんだ……」

どうにか返すと、しずくが大輔の頬をひっぱたいた。

「最低、兄ちゃんなんか大っ嫌い！」

しずくの瞳から大粒の涙がこぼれていた。そして耐えきれないように、その場から走り去った。

「しずく」と洋輔が後ろを追いかけていく。

そのときだ。剣道の師匠である神崎の言葉が脳裏を叩いた。

初心を忘れるな――。

大輔の初心とは、洋輔としずくを守ることだった。それには金が必要だ。だから大輔は必死で金を稼いできた。そのために自分を救ってくれた親友を裏切ることもした。

そのおかげで二人を一流大学に行かせることができ、裕福な暮らしをさせてやれている。初心を守るという神崎との誓いは守れている。自分の人生はあの二人に捧げてきたのだ。

けれど今、洋輔としずくはあんなに悲しい顔をしていた。それは大輔が必死で阻止してきたものだ。なぜだ……二人を守ることが初心じゃなかったのか。俺は、一体何をしているんだ……。

長椅子に腰を下ろすと、大輔は力なく凜に訊いた。

「風林さん、俺、最低ですかね……」

凜が頷いた。

「ええ、最低だわ……私も含めてね」

その瞳から一筋の涙がこぼれ落ち、静かに頰を伝った。

7

「十一、足の骨折で済んだんだ。よかったじゃん」

ゲームをしながら、賢飛が関心なさげに言う。昨日の件を報告していたのだ。

大輔は腹を据えてから切り出した。

「……賢飛さん、やっぱり十一さんにSSを続けてもらうことはできないでしょうか？」

「どういうこと？」

賢飛が手を止めた。

「このままじゃ怪我は治っても、十一さんはまた……」

「自殺するかもしれないって言いたいの?」

「……ええ」

コントローラーを置き、賢飛がこちらを向いた。

「自殺したかったらさせればいいじゃん。盛大に葬式をしてやろう。十一追悼SS世界大会でもやるか」

「……本気で言ってるんですか」

「おまえさ、普通のサラリーマンの生涯賃金って知ってる?」

「二億円ぐらいです」

「そうだよ。つまり人の命の値段は二億円だ。このSSはその何十倍、何百倍もの価値になる。十一ひとりの命で、おまえはその金をどぶに捨てるつもりか?」

なぜだ。ついこの前までなんの疑問も抱かなかった賢飛の言葉に、なぜこれほど違和感を覚えるんだ。なぜこれほど胸がざわつくのだ。

「いえ……」

喉元まで込み上げる違和感を押し殺し、どうにかそう答えた。

「そうだろ。いいか、億単位のビジネスじゃ、人間の一人や二人の命は簡単に消える。それでも一切動じない心を作れ」

「……わかりました」

頷く大輔を見て、賢飛は満足げな顔をした。そしてまたゲームをやりはじめた。

会社を出ると、大輔は東京タワーに向かった。

ここに来たのは、修一に会社を売却するように言ったとき以来だ。その前は、修一と千奈美に再会したときだった。

大輔は巨大な赤いタワーを見上げた。夕日が重なり、紅蓮《ぐれん》の炎のように揺らめいて見える。大輔にとってこれは、東京、友情、そして決断の象徴だった。

「……すみません」

そうつぶやくと、大輔は頭を下げた。


扉が開き、洋輔が帰ってきた。

「おかえり」

声をかけると洋輔は目を丸くする。この時間に大輔が家にいることは皆無だからだ。

不快そうに洋輔がしかめっ面になり、また家から出て行こうとする。十一の件で生じたわだかまりはまだ解消されていない。

「待ってくれ、洋輔」

大輔が引き止めると、洋輔がこちらを見た。

「しずくと一緒にしたいことがあるんだ。お願いだからいてくれ」

真剣さが伝わったのか、洋輔がはっと胸をつかれたような顔をし、小さく頷いた。

しずくもすぐに帰ってきた。大輔は洋輔にしたのと同様に、しずくに頼んだ。

不気味さを隠さずに洋輔が尋ねる。

「……頼みってなんだよ。兄ちゃん」

大輔が笑顔で答えた。

「一緒にご飯を食べよう。今から作るからさ」

洋輔としずくが顔を見合わせる。

「まあいいけど……」

二人が声を揃えて頷いた。

エプロンをしてキッチンに入ると、大輔は早速料理をはじめた。久しぶりだったが、体が覚えている。何せ毎日のように作っていた料理だ。

手早く作り終えると皿に盛り、テーブルの上に置いた。

それを見て、洋輔としずくの目が懐かしさで輝いた。

大盛りのもやし炒めだった。

三人で椅子に座り、箸を持つ。そこで洋輔が疑問をぶつける。

「兄ちゃん、なんでもやし炒めを……」

大輔は箸でもやしを摘まんだ。

「十一さんが事故に遭う前に、俺の作ったもやし炒めを食べたいって言ったんだ。でもさ、俺はそれを断った……これは貧乏時代の象徴みたいな料理だからな」

さっきスーパーで買ったが、一袋二十円だった。

「こんなものを作ったり食べたりしたら、また貧乏生活に逆戻りするんじゃないか……それが怖くてさ、断ったんだよ」

もやしを口に入れると、舌になじんだあの味が広がった。それと同時に、目の奥が熱くなった。

「……なんでそれぐらいしてあげられなかったんだろうな。もし、もしあのとき十一さんに作っていたら、自殺なんかしようとしなかったかもしれないのにな……」

涙が頬を伝い、顎先で重なる。そしてその感触で気づいた。昔はあれほどよく泣いていたのに、近頃は涙を流すこともなかった。お金に執着するあまり、自分の感情が死んでいたのだ。

「兄ちゃん、冷めちゃうよ。食べよう」

しずくが促し、大輔は洟を啜って涙を拭いた。

「そうだな。食べよう」

三人でもやし炒めを食べる。「やっぱり兄ちゃんのもやし炒めは最高だね」と二人が大喜びをしている。最高級のフレンチ店ではこんな表情は見せなかった。

全部食べ終えると、大輔は切り出した。

「二人とも話があるんだ。ちょっと聞いてくれ」

洋輔としずくが居ずまいを正した。浅く息を吸ってから、大輔は思い切って言った。

「……俺は、一成キャピタルを辞めようと思う」

十一の件で気づいた。自分は賢飛のようにはなれない。怪物にはなれない。

そして今、二人のもやし炒めを食べる姿を見て悟った。二人を守るためにはもやしを買うお金が、たった二十円さえあればいいのだと。

「いいと思う」

洋輔が即座に頷き、「うん。賛成」としずくも顔を輝かせる。

「いいのか。もうこんな高い家賃の部屋には住めないぞ」

「いいよ。私、屋上のボロ家も好きだったし」

しずくが笑顔で答えるが、大輔は沈痛な面持ちになった。

「でもおまえたちの学費が……」

最大の気がかりがそこだった。今もらっているほどの高給を、他の会社でもらえるとはとても思えない。

洋輔が立ち上がった。サイドテーブルから豚の貯金箱を持ってくる。この部屋には不釣り合いだから置くなといくら言っても譲らなかった。

下にビニール袋を敷き、貯金箱を置く。いつの間にかしずくも同じ豚の貯金箱を何個か持ってきた。二人が子供の頃から貯めてきたものだ。

洋輔が金槌を持ってくる。

「いいのか、おまえら」

どれだけ欲しいものがあっても、二人はこれには手をつけなかった。

「いいんだ。しずくと二人で話していたから」

「何をだよ？」

「兄ちゃんが俺たちに何か頼んできたときにこれを使おうって」

そう言って二人で微笑みあう。まさか、二人はそんなことを思っていたのか……。

勢いよく洋輔が貯金箱を全部割ると、中から大量の小銭が出てくる。二人の血と汗の結晶だ。

これを貯めるのに、一体どれだけ頑張ったんだろうか……見ているだけで涙が込み上げてくる。

「これを学費にあてるよ」

洋輔が柔らかな笑みを浮かべるが、大輔は心苦しかった。

「おまえ達の気持ちはありがたいけど、これだけじゃあ……」

いくら大量でも小銭は小銭だ。これで二人分の学費を捻出はできない。

「何言ってんの。そんなことぐらいわかってるって」

しずくも笑って何かを差し出した。貯金通帳だった。開いてみると、かなりの金額が記載されている。

「……これは？」

洋輔が答える。

「兄ちゃんが生活費で振り込んでくれていたお金だよ。俺たちお金使わないからさ。ずっと貯めておいたんだ。これだけあったら学費には十分だよ」

「だいたい毎月あんなに必要なわけないじゃない」

呆れ混じりにしずくが肩をすくめる。大輔は、贅沢をさせてやりたいと毎月大金を振り込んでいたのだった。

「そうか……」

全身の力が抜け、なぜか笑いが込み上げてくる。子供だとばかり思っていたが、二人とも立派な大人になった。二人を守るために生きてきたが、いつの間にか立場が逆転していた。それがおかしくてならない。

「またもやし生活になるな……」

「いいよ。それより十一さんの足が治ったら、もやし炒め作ってあげてよ」

頬を緩める洋輔に、

「そうだな。十一さんにも食べてもらおう」

大輔は笑顔で頷いた。


「失礼します」

大輔がリビングに入ると、賢飛は一人、ソファーでくつろいでいた。賢飛が箱根の別荘にいるというので、急いでやって来たのだ。

「どうしたの？　えらく神妙な顔をしちゃって」

大輔の様子の違いに気づいたのか、賢飛が目をぱちくりさせている。

大輔はきっぱりと言った。

「賢飛さん、俺、会社を辞めさせてもらいます」

もう心は固めてきた。なんの躊躇も迷いもない。

「……どういうことだ」

賢飛の眉間にしわが寄り、目の色が深く沈み込む。それは怪物のまなざしだ。

けれど大輔は動じない。

「俺は賢飛さんのように非情にはなれません。怪物にはなれません」

「ふーん、なるほどね。十一のことがそんなにショックだったわけか」

「はい。その通りです。十一さんのことを含め、修一と千奈美を裏切ったことも後悔しています」

賢飛が、忌々《いまいま》しそうに唇を歪めた。

「そんな過去のことをまだ気にしてやがるのか」

「はい……」

二人の顔が脳裏をよぎり、胸が苦しさで埋め尽くされる。だが今さらどうすることもできない。この後悔と懺悔《ざんげ》の気持ちを抱きながら、残りの人生を歩むしかない。

「何より、犯罪をしてまで金を稼ぐことに、俺はもう加担できません」

はっと賢飛が鼻で笑い飛ばした。

「じゃあどうするの？　告発でもするの？」

「そんなことをしても揉み消されます。あなたと大石勇作を一番近くで見てきたのは俺です」

「わかってるじゃん」

怪しい笑みが賢飛の口元に浮かぶ。

「で、うちをやめてどうするの？　言っとくけどベンチャーキャピタリストはもうできないよ」

「承知しています」

賢飛に逆らえば、当然そうなる。大輔がどれだけこの世界にいたくても、それを賢飛が許すはずはない。それは覚悟していた。

「ああ、洋輔としずくが可哀想だ。せっかく貧乏暮らしから抜け出せたのに、また元通りか」

「ええ、その通りです」

賢飛のまぶたがひくついている。

「おまえの初心はどうした。二人を守る。その初心を忘れるのか」

「忘れません。ただ、その初心にお金は必要ない。そのことに気づいたんです」

「違う、おまえは間違っている！　この世界は金がすべてだ」

賢飛が吠えたが、大輔は首を横に振る。

「いえ、間違っていません。賢飛さん、俺はあなたにはなれない。そして俺はあなたじゃない。これまでお世話になりました。感謝しています」

心を込めて深々と頭を下げる。

「失礼します」

頭を上げて踵を返すと、賢飛が叫んだ。

「行くな、弓弦《ゆづる》！　行くな！」

弓弦？　なんのことかわからない上に、その声には動揺と悲痛の響きが伴っていた。とても賢飛の声ではない。だが、大輔は振り返らなかった。

足を進めながら、ふと賢飛と最初に出会った日のことを思い出した。焼き肉屋で上司の富江から救ってくれたあのときだ。

泥の中でもがく自分を、賢飛が地上へと引き上げてくれた。賢飛が俺にすべてを与えてくれたのだ。

いくら感謝してもし足りない。賢飛は大輔にとってヒーローであり、恩人であり、先生であり、そして兄だった。こんな兄貴がいたら本当によかった。心底そう思っていた。

なのに、こんな結末になるなんて……申し訳なさで息ができなくなるほど苦しくなるが、これが自分の選んだ道なのだ。

もう賢飛に会うことは一生ない……込み上げるものを堪えながら、大輔は別荘をあとにした。

第六章　兄弟

1

「おらっ、大輔。まだ慣れねえのかよ。腰がふらついてるぞ」

「すみません」

先輩から突っ込まれ、大輔は砂利袋《じゃりぶくろ》を担ぎ直した。

賢飛の元を離れてから三ヶ月が経った。

身につけたベンチャーキャピタリストとしての経験や知識は必要ない。そこで以前働いていた建設会社の社長に頼み、作業員へと戻った。人手不足の業界なので、経験者である大輔を社長は歓迎してくれた。

「まあここでたっぷり汗を流して、次にやりたいことを見つけろよ」

社長がそう微笑み、大輔はありがたさで胸がいっぱいになった。

初日は建材一つを運ぶのに四苦八苦し、先輩達にからかわれた。デスクワークで体がなまりになまっていた。最初の一ヶ月は筋肉痛で朝起きるのも一苦労だった。

ただ以前のように辛くはなかった。前と同じ重労働をしているのに、なぜか心は晴れやかだった。それが大輔には不思議でならなかった。

仕事を終えて帰宅する。家も前と同じ、社員寮の屋上の小屋だ。

「ただいま」

扉を開けると、「おかえり」と洋輔としずくが出迎えてくれる。

「お疲れだったね、大輔君」

続けて、十一のねぎらいの声がきた。

「十一さん、いらっしゃったんですか？」

足の怪我もよくなり、普段通りの生活を送れるようになっている。ここに遊びに来ることも多い。ベンチャーキャピタリストのときよりも、十一と話す機会が格段に増えた。

「うん。洋輔としずくが焼き肉を奢ってくれって」

「俺も食べたいです」

急に唾が込み上げる。

「俺は大輔君のもやし炒めでいいんだけどなあ」

「大金持ちが何言ってるんですか」

大輔が大笑いする。十一はSSのCEOを降り、持ち株を全部売却して大金を得ている。

洋輔としずくが楽しそうに十一と話している。洋輔としずくの笑顔こそ、大輔が求めてきたものだ。

そのために大輔は金の亡者となったが、金があったときはそれが叶わず、金がない今、実現できている。

「お金ってなんなんでしょうね……」

思わずそう漏らすと、「大輔君、何か言った」と十一が小首を傾げた。

「あ、いえ、なんでもありません」

大輔は咄嗟にごまかした。


「殺す！　あいつを殺す！」

部屋の中で亮介は高らかに吠えた。

ゴミ袋を蹴飛ばすと、カップラーメンの容器がバラバラと飛び出した。部屋の中はペットボトルと空の弁当で散乱している。萌歌と賢飛の交際発覚以来、掃除をする気も起こらない。

「うるせえぞ」と隣の住人が壁を叩いてきたので、「なんだと、てめえ殺されてえのか」と亮介は叫び返した。

ついさっき、馬場萌歌が芸能界を引退するというニュースが報じられたのだ。萌歌のことだけを考えて人生を送ってきた亮介にとって、それは息の根を止められたに等しい。

その直後、亮介を含めたファンが今田のＳＮＳに罵詈雑言を浴びせた。萌歌の引退の原因が今田であることは一目瞭然だからだ。

すると今田が、すかさずＳＮＳのライブ機能でこう語りはじめた。

「うるせえなあ。おまえらみたいなモテねえ無能のクソ野郎どもが嫌だから萌歌が芸能界を辞めたんだろうが。悔しかったら俺みたいに大金持ちになれ。おまえらの愛する馬場萌歌はもう俺のものだ。ざまあみろ」

不思議だった。この発言を聞いて、亮介は逆に冷静になれた。先ほどのようにわめきちらすこともなく、椅子に座って体重を預けた。

そして内臓を焼くような怒りの代わりに心に宿ったのは、静かな殺意だった。美しく荘厳さすら感じるほど、それは澄んだ感情だった。

もうダメだ。あいつを殺そう……。

あいつを殺さなければ、萌歌は救えない。そしてあの鬼畜の手から萌歌を助けたら、萌歌をどこかに監禁しよう。その資金はあいつから奪えばいい。何せ殺すのだから、その財産はすべて俺のものだ。

萌歌はあいつに洗脳され、その清い身体も穢《けが》されてしまった。その洗脳を解き、元の清廉な萌歌に戻すには、自分が萌歌を犯す必要がある。このあふれんばかりの愛情を、萌歌の体内に直接注入しなければならない。そうだ。はじめからそうすればよかったのだ。

さらに第二、第三の今田賢飛が萌歌を狙うかもしれない。他の成金起業家どもも殺そう。あんなものはこの世界の害虫だ。

ただ数が多いので、萌歌ファンの協力をあおがなければならない。俺たちは同志だ。みんな喜んで協力してくれるだろう。

拳銃や機関銃などの武器を買い集め、あいつらが馬鹿みたいにやっているパーティーに襲撃をかければいい。

狙うは頭だ。あいつらは札束で体をガードしている可能性が高いからだ。それにヘッドショットはゲームでも得点が高い。

亮介は楽しくなってきた。

「待ってろよ。今田賢飛」

2

大輔は公園のベンチに座って弁当を食べていた。

最近昼休憩の時間は一人でこうして過ごしている。東京は騒々しい街だが、意外に公園が多い。緑の下で風にそよがれながら口にする弁当はまた格別だ。

目の前で男女二人が仲良く話している。デート中なのだろうか。ふと大輔は、凜を思い浮かべた。賢飛と別れて以来、凜とも会っていない。

「探したわ」

声がして顔を上げると、大輔は腰を抜かした。

そこに凜がいたからだ。

「何よ、そんなに驚いて」

凜が隣に座り、「いいえ、ちょっと」と大輔は気が動転したまま応じる。凜のことを考えていたら、その当人が忽然とあらわれたのだ。仰天するに決まっている。

「どうしてここに?」

「あなたの先輩が教えてくれたの。ここで弁当を食べてるって」

あんなむさ苦しい男達のところに、これほどの美女が降臨したのか。大騒ぎになったのは容易に想像できる。

「俺に何か用ですか?」

「何?　用がなくちゃ来ちゃいけないの?」

機嫌を損ねたような凜に、大輔はどぎまぎする。

「いえ、そんなことないんですけど」

凜が深く息を吐いた。足をぶらぶらさせ、木々を眺めている。緑を堪能するように、目尻を下げていた。優しい風が、その艶やかな髪を揺らしている。

その透き通るような横顔に、大輔は思わず見とれてしまった。ただ、その美しさの中に、疲れのようなものが紛れているようにも見えた。

凜が切り出した。

「どう仕事の方は?」

「まあなんとかやっています。体力仕事なんで毎日ヘトヘトです」

「また日に焼けているわね。出会った頃みたい」

「懐かしいですね」

大輔が微笑で受け止める。あのときは日焼けが嫌で仕方がなかったが、今は平気だ。

「風林さんはどうですか?」

途端に凜が浮かない顔になる。

「……今田さん、最近ますますおかしくなってるの。見た?　あの動画」

「ええ」

馬場萌歌ファンに向けて、賢飛が乱暴な口調で挑発した件だ。萌歌ファンは怒り心頭になり、賢飛のＳＮＳには山のような誹謗中傷が寄せられている。世間でも賢飛を非難する声が激しい。

「仕事でもやり方が強硬すぎるの。私の意見なんてちっとも聞いてくれないし……」

「……そうですか」

「それもこれもあなたがうちを辞めてから。今田さんにとってあなたは大切な人だったの」

「そんなことないですよ。俺の剣道の師匠に頼まれて、俺を拾ってくれただけです」

「違うわ。あなたは今田さんにとって特別な存在なの」

「特別？　どういうことですか？」

一瞬迷うように目を泳がせたが、凜は慎重に続けた。

「今田さんの昔の話ってどこまで聞いてる？」

「……俺と同じ境遇で貧乏だったって」

「そう。今田さんもお金がなくて苦労したの。そして弟がいた。あなたにとっての洋輔君みたいなものね」

「弟ですか？」

それは初耳だ。同じ境遇とはそういう意味だったのか。

「ええ、でもその今田さんの弟は子供の頃に亡くなったわ」

やりきれなそうに、凜が細い息を吐く。

「……どうしてですか？」

「盲腸よ。盲腸で亡くなったの」

「盲腸ですか？　そんなの手術すればすぐに治るんじゃ」

「言ったでしょ。今田さんの家にはお金がなかった。弟さんは病院に行けばお金がかかると思い、必死で痛みを堪えていたの。今田さんに悟られないように」

「子供が盲腸の痛みに耐えたんですか」

「……ええ、苦しかったでしょうね」

凜が目を伏せる。

「お金のせいで弟が亡くなった。お金があれば弟はあんな苦しい思いをしなくてよかった。お金があれば今も弟は元気で暮らしている。今田さんはずっとそう思って生きてきたの」

そう言うと凜はかばんを開け、何やら取り出した。一枚の写真だった。

「これがその弟さんの写真」

屈託のない笑顔の少年が写っていた。こんな無邪気そうな子供が、激痛を堪えて亡くなったのだ……もし洋輔がこんな目に遭ったらと想像し、大輔は心底ぞっとした。そんなこと、そんなこと、とても耐えられない。

同じ境遇どころではない。賢飛は大輔よりも過酷で辛い経験をしていたのだ。賢飛があれほど金に執着する理由が痛烈にわかった。

「ほらっ、この子誰かに似ていない？」

じっくり眺めてみたが、見当もつかない。

「あなたよ。大輔」

「俺ですか？」

びっくりして自分を指さす。あらためてよく見てみると、輪郭などは似ているかもしれない。

「そうか、だから賢飛さん、俺にあれだけ目をかけてくれたのか」

「そうよ。今田さん、あなたに弟さんを重ね合わせていたのよ。もし何事もなく彼が生きていたら、あなたのようになっていたって」

言われてみれば腑に落ちる。いくら神崎に頼まれたからといって、あそこまで自分に手を貸さないだろう。

そこでふと気づいた。

「もしかして弟さんの名前、『弓弦』っていうんじゃ」

賢飛と別れる際、賢飛が大輔に向かって弓弦と叫んでいた。

「ええ、そう。今田弓弦よ」

凜が認める。そうか、あのとき賢飛は、自分の元から弟が去ると錯覚した。その弓弦という少年が亡くなったことを思い出すように。だからあれほど取り乱したのだ。

凜がこちらを向き、目を潤ませて頼んできた。

「お願い、戻ってきて。今田さんにとってあなたは必要な人なの。大事な存在なの。大輔がいないと、あの人はダメになっちゃうの」

切々とした懇願に、大輔は心が揺さぶられた。今の話を聞いて、賢飛の抱えてきた後悔と自分への期待もよく理解できた。

しかし、あのとき決めたのだ。俺は、怪物にはならないと……だから賢飛の元には戻れない。

大輔は頭を下げた。

「……すみません。それはできません」

「なんで……」

「もう決めたことですし、それに俺は賢飛さんの弟じゃありません。残念ですが弓弦さんはもう戻ってこない。苦しいですが、賢飛さんはそれを受け入れなければならない」

我に返ったように、凜が表情を元に戻した。心から申し訳なさそうに謝る。

「……ごめんなさい。無理言って。聞かなかったことにして」

「いいえ」

凜がこれほど悲しそうな表情をするなんて……胸の中に苦いものが広がる。

「会社にはもう戻れませんが、賢飛さんと風林さんの力にはなりたいです。会社以外で何か俺にできることないですか？」

凜が少し考え込み、軽い口ぶりで答えた。

「じゃあ一つだけお願いしてもいいかしら」

「なんですか？」

スマホを取り出し、凜が画面を見せる。以前見せてもらったサイトで、賢飛を誹謗中傷している。

「この『イグベル』っていう人がSNSを荒らしている中心人物なんだけど、どんどんエスカレートしてるの。さすがにまずいと思って、IPアドレスから個人情報を特定したの」

「そんなことできるんですか？」

「まあね。相手が匿名ソフトウェア使ってたからちょっと時間がかかったけどね。名前は、『日比亮介』。三十四歳。独身で南千住《みなみせんじゅ》近くのアパートに住んでいる」

おそらく一成キャピタル御用達の調査会社を使ったのだろう。普段は出資先の業務実態や実績、反社会的勢力などとの繋がりの有無を調べてもらっているが、賢飛は関係者の弱みを握るためにも用いている。

「その日比って人物が何か問題なんですか？」

「萌歌ちゃんのファンみたいなの。しかもかなり熱烈な……」

凜の懸念の理由がわかった。萌歌ファンからすれば、賢飛は大悪党だろう。

「しかも日比は以前食品工場で働いていたんだけど、そこで暴力事件を起こしたの」

「……前科持ちですか」

「ええ、執行猶予はついたんだけどね。そこで工場をクビになって、今は転売で生活しているそうよ」

「ちょっと怖いですね」

「ええ」凜が頷く。「だから私、一度彼を訪ねようと思うの」

「ダメです。そんな危険なこと、絶対ダメです」

見知らぬ男の家に、女性が単身乗り込むなど論外だ。

「だから大輔に付き合って欲しいなって」

凜が茶目っ気たっぷりに片目をつぶる。一人で行く気はさらさらなかったみたいだ。

「わかりました。俺がそいつと話して、賢飛さんへの誹謗中傷を止《や》めさせます」

大輔は胸を叩いた。

3

「住所はここね」

スマホから目を離し、凜が顔を上げた。そこには外階段のある二階建ての古いアパートがあった。お世辞にも立派とは言えない。

ちょうど次の日が休みだったので、早速日比亮介を訪ねることにしたのだ。

ギシギシと音が鳴る錆《さび》だらけの階段を上がる。二階の一番奥が、日比の部屋だ。インターホンを押すが反応がない。どうやら留守のようだ。

「いないみたいですね」

隣の部屋のインターホンを押すと、中から金髪で長髪のひょろっとした男があらわれた。バンドTシャツを着ているので何か音楽でもやっているのだろう。

「なんですか？」

笑顔で大輔は応じる。

「僕たち隣の日比亮介さんの高校時代の後輩で、久しぶりに来たんですが留守みたいなんです。どこに行ったかとかわかりますか？」

男が凜に好奇の目を注いだので、大輔は体でブロックする。

「知らないよ」

隣の住人と交流などないみたいだ。

「でもおたくの先輩、やばいよ。会わないで帰った方がいいんじゃない」

「どういうことですか？」

「最近、殺す殺すって騒いでるぜ。壁叩いて注意したら怒鳴り声上げるしよ。ありゃどっかおかしいぜ」

殺す……悪寒が全身を包み込む。SNSで書き込むのと、実際声に出すのでは話が異なる。

「それに、しばらく帰ってこないんじゃない」

「どうしてですか？」

「昨日ガチャガチャ何か音を立てて用意してて、朝出て行ったから遠出するんじゃないの」

「そうですか。ありがとうございました」

礼を言って扉を閉めると、凜が不安げに言った。

「……ねえ、どうしよう」

「そうですね」

もう一度隣の部屋に行き、大輔がドアノブをひねってみると抵抗がなかった。鍵をかけないで外出しているのだ。

「すみません。日比さん」

扉を少し開けて声をかけるが反応がない。思い切って扉をすべて開けると、大輔は思わず顔をしかめた。

「何、この臭い」

凜が鼻を摘まんでいる。部屋の中はゴミだらけで、悪臭を放っているのだ。

さらに、それ以上の驚きの光景が目の前に広がっていた。部屋のあちこちに馬場萌歌のポスターが貼られているのだ。萌歌のグッズも床を埋め尽くすようにある。ゴミと萌歌の微笑が混在し、世にも奇妙な空間となっている。

大輔は靴のまま中に入った。

「ちょっと、不法侵入になるわよ」

「かまいません」

嫌な予感が警報のように鳴り響いている。日比がどこに行ったかを知りたい。日記やメモ帳みたいなものがあればと思ったが、そんなものを書くような人間ではなさそうだ。

部屋の隅に一台のパソコンがある。ずいぶん使い込んでいる様子だ。

「このパソコンを見られれば、日比の情報が入りそうなんですが」

マウスに触れて操作するが、ロックがかかっている。

「風林さん、ロック解いたりできますか」

「できるわけないでしょ」

凜が首を振るが、どうしても中を見たい。亮介をこのまま放置しておけないし、どこに行ったのかも気になる。

頼りになるやつ、パソコンに詳しいやつ。そう頭で連呼してすぐにある人間の姿が脳裏をよぎる。もう二度と会えることはないと考えていたあの二人……。

大輔はスマホを取り出し、すぐさまアプリを開いた。ＬＩＮＥグループ『熊野三人組』がすぐに出てくる。これだけは消さずに残していた。

不思議なほどなんの躊躇もなく、大輔が書き込んだ。

『修一、千奈美、助けてくれ。二人の力が必要じゃ』

既読と表示されると、すぐに千奈美から返信が来る。

『なんでいつも何年か間隔で連絡よこすんじゃ』

続けて修一だ。

『何があった。すぐ行く』

その文章を見て、大輔は胸が熱くなった。あんなひどいことをした俺を、二人は見捨てていなかった。

大輔は場所と用件を簡単に伝え、心の中で二人に頭を下げた。


一時間ほどして、修一と千奈美があらわれた。

売却後も二人はKUMANOで仕事をしていたが、既に会社から離れたことは知っている。

二人の顔を見た途端、東京タワーでの別れが思い浮かんだ。後悔と情けなさで胸が激しく痛む。

「……すまん」

謝ろうとする大輔の機先を制するように、修一が言った。

「そんなもんどうでもいい。謝りたいならたっぷり後で謝らせてやる。それよりパソコンの中を見たいって……」

「そうなんじゃ。できるか?」

「誰に言うとるんじゃ。うちは日本有数のハッカーやぞ」

千奈美が胸を叩く。凜は無言で頭を下げた。

ゴミだらけの部屋に四人で入る。「最悪じゃ」と千奈美がげんなりし、「なんだこれ」と馬場萌歌だらけの光景に修一が目を丸くする。窓を開けて空気を入れ替えておいたが、まだ悪臭が残っている。

千奈美が自分のノートパソコンと、亮介のパソコンを接続した。

「まずこれでよく使われるパスワードを数万通り総当たりで試す」

大輔は尋ねる。

「数万って、そんな時間かからんか?」

「手作業でやるわけないやろ。パソコンが自動でやってくれるけえ」

修一が口を挟んだ。

「それでも時間はかかるだろ。だから馬場萌歌の名前、誕生日、デビューした年月日、そして日比の誕生日を組み合わせてパスワードを生成してみろ。これだけ熱狂的なファンだったら、馬場萌歌関連のキーワードをパスワードにしている可能性が高い」

「なるほど」

千奈美が指を鳴らし、大輔は思わず感心した。

そして、すぐにパスワードがわかった。さすが修一だ。日比と萌歌の誕生日を組み合わせたものだった。「きもっ」と千奈美が震えて悲鳴を上げる。

サイトの履歴を見ると、賢飛のことをぼろくそに書いている。

「おい、これっ」

修一がモニターを指さして、大輔はぎくりとした。『ナイフで人を殺す方法』『人体の急所』などという単語で検索している。

「間違いない。こいつ賢飛さんを殺すつもりなんだ」

凜がへなへなと崩れ落ちた。

「ほんとに……」

「風林さん、今賢飛さんはどこに？」

「山に一人でキャンプに行っているわ」

まずい。賢飛はキャンプに行くとき、長野の山に単身で向かう。そこは賢飛が所有している山で、他のキャンプ客はいない。しかも山中ではスマホの電源を切り、連絡が取れなくなる。

「でもこの日比も、どこの山に賢飛さんがいるかとかわからんのじゃけえ、大丈夫じゃろ」

凜を安心させるように千奈美が言うと、修一がモニターを切り替える。

「ここ見ろよ」

そこには過去の賢飛のＳＮＳの書き込みがある。山に向かう前の道中の様子が書かれ、さらに山の詳細な地図までもがあった。

「こいつは特定屋だな」

「特定屋って？」

大輔が問うと、修一が硬い面持ちになる。

「ＳＮＳの投稿からその人間の個人情報を特定する連中だ。写真一枚でもいろんなことがわかる。特徴的な看板、かすかに見える電車の色、線路の数、マンションの建物の形とかでもストリートビューと照らし合わせて居場所を特定できる。瞳に映った景色から住所を割り出すやつまでいるからな」

「まるで探偵だな……」

「おそらく馬場萌歌の情報を得ようとして会得した技術だろうけど、彼女ほどのトップアイドルだったら、事務所がそういう情報を与えないように写真をアップするからな。でも賢飛さんはそんなことに一切頓着しない。もう居場所も行動パターンも筒抜けだ。放っておいたら本当に賢飛さんは殺されるぞ」

「そんな……賢兄ちゃんが……」

口元を押さえた凜が、消え入りそうな声で言った。その一言が、大輔の耳に鳴り響いた。

「えっ、今、賢兄ちゃんって……」

凜も無意識に発したらしく、驚いている。

「どういうことですか？」

固い封を解いたように、凜が答える。

「……ええ、私は今田賢飛の妹よ」

千奈美が大きく目を剝いた。

「でも凜さんと苗字が違うし、なんでそんなこと隠すんじゃ」

「風林はビジネスネームなの。妹だって隠していたのは、賢兄ちゃんがそうしろって言ったから……」

そういうことかと大輔は合点した。賢飛が言っていた同じ境遇というのは、弟と妹がいるという意味でもあったのか。

そして凜が妹であることを隠していたのは、凜の安全のために違いない。仕事柄、賢飛に恨みを持つ者は出てくるだろう。その恨みを持つ者が、凜を襲う可能性を懸念したのだ。現に今、賢飛は命を狙われている。

「弓弦兄ちゃんだけじゃなくて、賢兄ちゃんもいなくなっちゃう……」

取り乱さず、凜がただただ青白い顔でつぶやいている。凜の恐怖が胸に迫ってくる。

そうだ。もし賢飛が殺されたら、凜は一人残される。兄が二人ともこの世から去ってしまうのだ。

大輔が渾身の力を声に込める。

「大丈夫です。そんなことはさせません。今ならまだ間に合う。賢飛さんを助けに行きます」

千奈美が気合いを入れる。

「そうじゃ。凜さんの兄ちゃんをうちらが守るんじゃ」

「……みんな、ありがとう」

嗚咽しながら凜が礼を述べた。

4

「なんでみんな集まれるんですか……」

新幹線の車中で、大輔は改めて尋ねた。

修一、千奈美、凜は当然だが、ＳＳの十一、ドローンの永澤龍太郎、シルクフードの苗山時子までがいる。みんな賢飛に出資を受けた起業家達だ。

龍太郎がのんびりと答える。

「だって暇だから」

ピザ配達のドローンを開発したあと、龍太郎は自分の会社を売却している。今は日がな一日ドローンで遊ぶ生活だそうだ。

「私は忙しいけど来た」

時子のシルクフードは順調で、上場も果たしている。全国でチェーン展開をするほどの企業に成長していた。

「十一さんはいいんですか？」

十一は、賢飛に煮え湯を呑まされている。

「賢飛さんに含むものがないと言ったら嘘になるけど、賢飛さんが僕を救ってくれたことには変わりはない。恩人の命の危機なんだから駆けつけるのは当然だ」

十一が頼もしい笑顔で頷く。彼らしい答えだ。

駅に到着して、レンタカーで山に向かう。山を管理する管理人に聞いたのだが、賢飛がキャンプをする場所はその日の気分によるとのことだ。ならば日比亮介も、賢飛を捜し当てるのに時間がかかるはずだ。

凜が手を組んで祈っている。早く、早くと大輔はアクセルを踏んだ。

山のふもとに到着した。爽快な山の空気が鼻腔《びこう》をくすぐる。絶好のキャンプ日和だが、そんなものを楽しむゆとりはない。

修一が車に積み込んでいた段ボールを下ろし、何やら取り出している。駅に到着すると、業者が渡してくれたものだ。新幹線での移動中に便利屋を手配し、道具を揃えさせたそうだ。

中身は登山用のグッズだった。服や靴、さらには手錠がある。日比を捕らえたとき拘束するものだ。他にも妙な機械がある。

「大輔、十一さん、時子さんは着替えたあと、これを身につけてください」

その装置をそれぞれに手渡す。

「なんだよ、これ」

「高精度のGPS付き無線機だよ。これで位置情報を共有する」

スイッチを入れると、千奈美がパソコンで確認する。

「ばっちりじゃ」

さらに修一がそれぞれにナイフを渡す。

「日比は賢飛さんを殺すつもりなんだから、刃物を持っている可能性がある。これを武器に使おう」

鈍く光る刀に、大輔はどきりとした。できることならば使いたくないが、その覚悟はしておいた方がいい。

「大輔にはとっておきも用意したけどな」

「なんだよ、それは」

「まあ山歩きには不便だからな。やっぱりそのナイフを使ってくれ」

それから修一は、龍太郎の方を向いた。

「龍太郎さん、準備はできてますか？」

「もちろん。ここは山だから制限なし。飛ばしに飛ばせる」

ドローンが空中に浮かび上がった。

「どう、千奈美ちゃん？」

龍太郎が訊くと、「いいよ。ちゃんと映っている」と千奈美が声高らかに応じる。

パソコンを覗いてみると、ドローンからの山の映像が映っている。カメラ付きのドローンなのだ。

「龍太郎さんはドローンで日比亮介の捜索、千奈美はパソコンでお互いの位置情報を見て、みんなをナビゲートしろ」

「了解じゃ」

千奈美が快活に返事をすると、修一が凜に言う。

「風林さんは女性なのでここで待機」

こくりと凜が頷くと、大輔は口を挟んだ。

「時子さんも女性だけど行くのか？」

「時子さんは山のエキスパートだからな。山の捜索には欠かせない」

そういえば時子は山育ちだと言っていた。

こんな短時間で、修一はここまで計画を練って準備を整えていたのか。やはりこいつはリーダーだ。修一に声をかけた判断は間違っていなかった。

手早く着替え終え、全員の準備が整った。

「みんな、気をつけてね」

凜が声をかけ、大輔は力強く頷いた。

「大丈夫です。賢飛さんを救ってきます」

十一、大輔の体力がある二人は、それぞれ単独で行動する。男一人相手なら十分に打ち負かせる。

修一と時子は二人で動くことになった。それぞれ担当の捜索エリアを決め、山へ入った。

昼間だが、不気味で仕方がない。何せ今から人を殺そうとしている人間を見つけ、捕まえなければならないのだ。葉をかきわける音で、心臓がばくばくと鳴る。

ただ、怯えて行動が鈍重になってはダメだ。賢飛の命の危機が迫っているのだ。賢飛のためにも、凜のためにも日比を絶対に捕まえる。

大輔がそう決意を新たにしたそのときだ。

「見つけた！　日比じゃ！」

イヤホンから千奈美の声が響いた。

「どこだ、千奈美」

「北東にまっすぐ。大輔が一番近い！　河原の辺りじゃ」

スマホの地図を見ると、赤く点滅した。千奈美がマーキングしたのだ。方向を確認し、大輔は走り出した。

川が流れる音が聞こえたので足を止めた。リュックを背負った太り気味の男が腰をかがめ、手を洗っている。

日比亮介だ。

日比の部屋から、イベントか何かで撮ったものだろう、萌歌と二人で写った写真を持ってきていた。たるんだ顎の肉と細くて小さな目が印象的な男だ。

鼓動が高鳴り、足元ががたがたと震えはじめる。

どうする。どうする……このままこっそり後をつけて、隙をついて拘束するか。だがそんなことができるのか？

ナイフを取り出し、柄を強く握る。これであいつを刺すことは避けたい。だが躊躇すれば、自分もやられるかもしれない。

覚悟を決めてナイフを握り直した瞬間、つるっとナイフが落ちた。手の汗で滑ったのだ。キンとナイフと石が当たる音が響き渡る。その金属音が、信じられないほど耳の中で反響した。

はっと前を見ると、日比がこちらに気づいた。一体誰だという感じで、当惑している。

「うおおおっ！！！」

大輔は日比に向かって突進した。頭ではなく身体が勝手に反応していた。立ち上がった日比の手にはナイフがあった。修一の推測通り刃物を所持していたが、こちらの方が早い。

しかし、その目論見は外れた。想像以上に動きが機敏だったのだ。日比が振りかぶり、ナイフで切りつけてくる。大輔は瞬時のうちに腕を上げ、防御した。

熱い！

飛び退《の》くと、肩口がズキズキと痛んだ。切られたのだ。丈夫な登山服を着ていなかったら重傷だったかもしれない。肩が暴れ回るような激痛が、大輔に襲いかかる。さっき固めた決意がしぼみ、その余白に恐怖が押し寄せてきた。

興奮した様で日比が怒鳴る。

「てっ、てめえ、なんだ！」

大輔は勇気をかき集め、腹に力を込めて言う。

「日比亮介だな。おまえが今田賢飛を殺害しようとしていることはわかっている」

「なんだと」

意外そうな声を漏らしたが、すぐに歯を剝き出しにして笑った。

「いっ、今田賢飛の仲間だな。じゃあ同類だ。かっ、金持ってるやつは全員殺してやる！」

目が充血し、口から泡を飛ばしている。あきらかに尋常ではなく、説得は不可能だろう。だが怪我を負った腕であいつを取り押さえられるのか……。

「大輔君、下がってて」

声がしたので振り向くと、そこに十一がいた。千奈美の指示で駆けつけてくれたのだ。

「十一さん、そいつナイフを持ってます」

「わかってる」

刃物を持った相手と対峙しているのに、驚異的な落ちつきぶりだ。十一が距離を詰めると、日比がナイフを横に薙《な》いだ。十一が寸前でそれを見切る。

「ぶっ殺すぞ」

日比が脅すが、「やってみろよ。根性なしが」と十一は挑発する。

怒気で顔を染めた日比が、一歩踏み込んで腕を振り上げた。すると十一が、日比の肩口に強烈なつっぱりを入れる。

日比がナイフを落とした瞬間、十一は日比に組みついた。直後、日比は地面に叩きつけられていた。上手投げだ。

ぐえっと蛙を踏み潰したような声が、日比の口から漏れた。

十一が平然と立ち上がる。

日比はぴくりともしない。

その度胸と神速の技に、大輔は思わず感嘆の声を漏らした。

「さすが、ＳＳの創始者ですね」

「相撲は格闘技だからね」

十一が微笑んだ。

「大丈夫？」

心配そうに、凜が大輔の腕の手当てをしてくれる。その指が肌に触れるたびにどきどきしてしまう。

「大丈夫、大丈夫。凜さんが治療してくれたらこんな痛みふっとぶけぇ」

千奈美がからかい、「うるさい。おまえは黙ってろ」と大輔は唇を尖らせたが、内心はその通りだった。

ちらっと木の方を見ると、日比亮介が手錠をかけて縛りつけられている。まるで憑きものが落ちたようにうなだれていた。十一と大輔でここまで運び、拘束したのだ。

千奈美が顎で日比を示した。

「じゃあこいつ警察につき出すか」

「そうだな」

大輔は頷いた。側で、修一が日比のリュックの中をまさぐっている。

「何してるんだ？」

「裁判で使えそうな証拠が欲しい。殺意の証明になるナイフの領収書でもないかと思ってな」

そう言って日比の財布を探っている。すると、修一の顔色が一変した。大輔はぎょっとして尋ねる。

「どうしたんだ？」

「これ見てみろ」

修一がレシートを差し出すと、コンビニの領収書だった。場所はこの近くのコンビニだ。

「これがどうしたんだ？　こいつが買ったんだろ？」

「中身が問題だ。食べ物も飲み物も全部二つずつ買っている」

千奈美が口を入れた。

「こいつ太ってるけぇ、二人分いるんじゃろ」

「肌着や靴下が二人分もいるか。それにどっちもサイズ違いだ」

確かに3Lと Lサイズの二種類ある。3Lの方が亮介だろうが、もう一つは……そこで大輔も気づいた。

「……もしかして」

修一が重々しく頷いた。

「ああ、賢飛さんを狙う殺人者はもう一人いるんだ」

5

賢飛は夢を見ていた。

賢飛が中学生で、まだ広島の熊野にいた頃だ。公園で誰かが倒れている。それは、弟の弓弦だった。苦痛に顔を歪め、腹を押さえて横たわっている。その死体にしんしんと雪が降り注いでいる。

白い雪に包まれた動かない弟を、賢飛は中空から眺めていた。

「うちは貧乏やけぇ、我慢しんさいよ。凜のためにもな」

賢飛は、弓弦にいつもそう言い聞かせていた。弓弦は「うん、わかった」としっかり頷いていた。利発で明るく、お金がなくても不満など一切言わなかった。

父親は事業の失敗で借金を背負い、自殺した。母親は工場に勤め、女手一つで家族の生活を支えてくれていた。賢飛は学校から特別に許可を得て、新聞配達のバイトをしていた。

家は貧しかったが、自分はまだましだ。この世界には飢えて死んだり、親に虐待される子供もいるのだ。

金などなくとも弓弦と凜が元気でいればいい。それで十分ではないか。賢飛はそう考えていた。

ところがそんなある日、弓弦が亡くなった。

その夜のことは鮮明に覚えている。夕食を終えると、弓弦が外出しようとしたのだ。

「弓弦、こんな遅くにどこ行くんじゃ」

この時間に外に出るなど珍しい。

「健太《けんた》の家に行く。お泊まり会するんじゃ」

健太とは近所に住む弓弦の友人で、二人は仲が良かった。よくお互いの家で泊まり合っている。

「そうか、今日は寒いけぇ気ぃつけんさいよ」

そう言って賢飛は見送った。新聞配達で疲れていたので、賢飛はすぐに眠りに落ちた。

そして次の朝、弓弦は死体で見つかった。

死因は凍死だった。その日は寒波が襲来し、熊野は例年にないほど寒かった。

後で判明したのだが、弓弦は盲腸になっていた。のたうち回るような激痛だっただろうが、弓弦は賢飛に何も言わなかった。口にしてしまえば病院に行くことになり、治療費がかかってしまう。弓弦はそれを恐れたのだ。

そこで友達の健太の家に遊びに行くと嘘をついて外に出た。家族に、賢飛に病気を悟らせないために。そして一人公園で、寒さと激痛に必死に堪えていた。

うちは貧乏やけぇ、我慢しんさいよ……。

兄の言葉を、血の滲む想いで守っていたのだ。

一体どれだけ苦しかっただろう。どれだけ寒かっただろう。弓弦のそのときの苦痛を想像すると、賢飛は心が張り裂けそうになる。

そして思い出す。あのとき家を出る際の、弓弦の一瞬苦痛で歪めた顔を……なぜ俺は、弓弦の異変に気づかなかったのだ。なぜ引き止めて、病院に連れて行かなかったのだ。なぜ貧乏だから我慢しろと口癖のように言ってしまったのだ……。

ごめん。弓弦、ごめん。兄ちゃんのせいで、兄ちゃんのせいで……。

病院で物言わぬ弓弦と対面したとき、賢飛は号泣した。自分の愚かさと無力さで涙が込み上げ、呼吸すらままならなかった。そのまま自分も死んで弓弦に謝りたい。そう何度も何度も自分を責めた。

心痛は賢飛だけではなかった。貧乏のせいで子供を亡くした……その衝撃があまりに大きかったのか、体が弱かった母親はしばらくして病死した。

あっという間に家族は、賢飛と凜の二人になってしまった。

賢飛は心に誓った。

金を、金を手に入れる。もう誰も死なせないために。たった一人残された妹を守るために。俺は大金を稼ぐ――。

自分の人生はそれだけのためにある。金だ。何度生まれ変わっても使い切れないほどの大金を絶対に手に入れる。

一体どうすればそんな大金を得られるのか？　果たして自分のような貧乏人にそんなことが可能なのか？　そう煩悶《はんもん》しているときに出会ったのが、アメリカ人のクリス・フィールドだった。

クリスは日本の習字に魅せられ、熊野に移住してきた。筆作りの技術を学ぶためだ。自由で風変わりなクリスと賢飛は仲良くなった。どうすれば大金持ちになれるのか。賢飛がそう尋ねると、クリスはたどたどしい日本語でこう答えた。

「シリコンバレーで起業することだね。今の大富豪はみんなそうだよ。あそこが現代の油田さ。賢飛が本当に大金持ちになりたいのなら、プログラミングと英語を頑張って勉強することだよ。それが富豪になるためのパスポートさ」

そのクリスの言葉が、賢飛の人生の指針となった。

幸いにもクリスはプログラミングの経験者で、賢飛は彼からプログラミングと英語を学んだ。プログラミングの腕がある人間を、シリコンバレーではハッカーと呼ぶこと、そしてハッカーになることが、成功するには一番大事だということを教えてもらった。

クリスが熊野のような田舎にやって来てくれたことは、賢飛にとって不幸中の幸いだった。はじめて筆が熊野の名産でよかったと思えたほどだ。

中学を卒業すると、賢飛はシリコンバレーにある高校に留学した。費用は母親の死亡保険金を使った。賢飛と凛の今後の人生のためにも大切に残す必要がある虎の子のようなお金だが、ここは賭けだった。凛はおばに預かってもらった。

シリコンバレーで生活してすぐに、なぜシリコンバレーから次々とスタートアップが生まれるかがわかった。

シリコンバレーには、金持ちとハッカーがいるからだ。コンピューター科学部がある大学が多くあり、ハッカーを育てる土壌が整っている。そこに金持ちが投資するから、続々と起業家が生まれる。

この地にいるのは夢想家、山師、変人、詐欺師、金の亡者だ。狂気をはらんだ人間達が混じり合い、独特な文化を形成している。それが醸し出す匂いがアメリカを、いや、世界に革命を起こしているのだ。こうした空気の中で十代を過ごさないと、本当の意味でシリコンバレーの人間になれない。自分の選択が間違いでなかったと賢飛は実感した。

賢飛は、起業に必要な知識を必死で学んだ。日本にいたとき以上にプログラミングと英語の勉強に勤《いそ》しみ、成功したシリコンバレーの起業家を訪ね、たどたどしい英語で質問攻めにした。金のためにならなんでもする。賢飛はそう決めていた。

彼らはこのおかしな日本人留学生を気に入り、賢飛を可愛がった。

『奇妙な者ほど愛せ。そいつがいずれ金を産む』

それがシリコンバレーの価値観だった。

高校生の間に起業する。賢飛はそう決めていたが、ハッカーとしての技術力は自分に十分ないのがわかっていた。この地には名門大学の博士号を持ったハッカーがごろごろいるのだ。インターネット上だけで完結するデジタル形式の製品やサービスで勝負をしても勝ち目がない。それにそこはすでにレッドオーシャンと化していた。

そこで賢飛が考えたのが、大人気の写真共有SNSを使ったサービスだった。ユーザーがアップした大量の写真の中から、他のユーザーからの『いいね』の数が多かった写真を自動で選び、実際にアルバムとして作成するというものだ。

アメリカで賢飛は毎日、弓弦と凜の写真を眺めていた。知り合いも誰もいない異国の地で、日々耐え忍ぶ力をそこからもらっていた。

思い出の写真にはそれだけの力がある。そしてそれは、デジタルではなく手で触れることのできる実物の写真でないとできない。そしてこのビジネスを閃いた。ネットとリアルを融合したビジネスがこれからの主流になるのではないか。賢飛はそう考えたのだ。

賢飛を可愛がってくれていた起業家から、あるベンチャーキャピタルを紹介してもらった。通信システムの部品を作る会社を興し、それを数億ドルで売却した男だった。その資金を元にベンチャーキャピタルを運営していた。

ここが人生の大一番だ。賢飛はその会社に赴き、懸命にプレゼンをした。冷静にプレゼンするつもりだったが、プロジェクターに映る弓弦と凜の写真が目に入った途端、賢飛は思わず涙をこぼしてしまった。張り詰めていた緊張の糸が、二人の顔を見てつい緩んでしまったのだ。

失敗かと落胆したが、その涙が男の心を動かした。彼はメキシコからの移民で、故郷に家族を残してアメリカに来た過去があるそうだ。賢飛と同様、家族の写真を眺めながら毎日を踏ん張り、起業家として成功を収めたとのことだった。

彼は賢飛への投資を決めた。出資額は二万ドルで株式の八パーセントを彼の会社に譲るという条件だった。

賢飛はすぐに高校を中退し、サービスの実現に向かった。ハッカーを雇い、賢飛もコードを書き続けた。企業にとって二万ドルなどすぐに消えてしまう額だ。毎食カップラーメンを食べて食費を削り、寝ないで作業を続けた。

ローンチしてしばらくすると、大手の写真メーカーから買収の話がきた。賢飛はすぐに会社を売り、多額の金を手に入れた。イグジットに成功したのだ。

拍子抜けするほど呆気なく大金を得られた。賢飛は放心した。実際に銀行に出向いて残高を目にしたとき、この金があれば弓弦を救えた……と弓弦の最期を思い、賢飛はむせび泣いた。冷たい大理石の床につっぷし、涙の雨を流し続けた。慌てて銀行の人間が声をかけてきたが、賢飛は泣き止むことができなかった。

その後凜をアメリカに呼び寄せ、賢飛はさらにベンチャービジネスにのめり込んだ。起業しては大企業に売り、大金を得た。

賢飛には社交性という才能があった。誰とでも仲良くなり、親密な関係を築くことができた。英語力とユーモアのおかげで、賢飛の人脈は破格のものになった。ケント・イマダの名は、シリコンバレーの富裕層の誰もが知るようになった。

そして賢飛は日本に帰国し、ベンチャーキャピタルを立ち上げた。自分の最大の力とは、人を見る目だと賢飛は気づいていた。自分一人が成功するよりも、全員を成功させた方が金は稼げる。

ただ、なぜ日本でスタートアップに投資することにしたのかは、自分でもよくわからない。シリコンバレーにいた方が格段に儲かる。日本への郷愁や愛着などないと思っていたが、自分の心にもあったらしい。賢飛はとりあえずそう理解していた。

そんなある日、久しぶりに剣道の師匠である神崎から連絡が来て、大輔の存在を知った。熊野出身で、金はない。高校を中退し、弟と妹を養いながら東京で肉体労働。まるで自分と同じような境遇だった。

調査会社で大輔を詳しく調べさせた。そのとき大輔の写真を見て、賢飛は目を見開いた。

似ている……弓弦に似ている……。

弓弦が大きくなればこんな風な顔立ちになっただろう。そう思わせるほど、大輔には弓弦の面影があった。

こいつに力を貸してやりたい。そこで賢飛は偶然を装い、大輔が立ち寄る焼き肉屋で待ち構えた。

実物の大輔は、より弓弦に似ていた。特に笑顔がそっくりだ。洋輔としずくと三人で肉をつつく姿を見て、賢飛は胸が熱くなった。

弓弦と、大きくなった弓弦と凜でこんな風に焼き肉を食べたかった……。

日本に戻りたくなったのは、大輔と出会うためだったのだ。神様が、自分と大輔を引き合わせてくれたのだ――。賢飛はそんな確信を得た。

大輔と接触を持ちその本心を訊くと、まるで若い頃の賢飛と同じだった。

こいつに、俺の、金というもののすべてを教えてやりたい。

賢飛は大輔に数々の試練を与え、大輔はそれを乗り越えた。親友を捨てるような過酷なことをさせたのも、大輔のためだった。大輔の成長を見ることは、賢飛にとって喜びだった。

大石勇作と手を組んだのも、より多くの権力と金を手に入れるためだ。金があればあらゆる害悪から大切な人を守れる。それを大輔に教えてやりたかった。

なのに、大輔は自分の元から去った……。

会社を辞めたいと大輔が言い出したとき、賢飛は激しい衝撃を受けた。どんなことがあっても動じない自分が、あられもなく動揺した。

思わず弓弦と呼びかけてしまったのもそのせいだ。弓弦が自分の元を去る……賢飛はそう感じてしまった。

大輔が去って以来、心に穴が空いたようだった。酒を呑んで豪遊し、美女を独り占めにしてもその穴が埋まることはない。札束では心の空虚さを埋めることはできないのだ。

だからかもしれないが、こうして一人でキャンプをする回数が格段に増えた。一人で火をじっと見ていると、気分が楽になるのだ。

目を開けようとしたが、涙が乾いて開けにくい。弓弦の夢を見て、また泣いていたのだ。最近この夢もよく見るようになった。

火が消えかけている。薪《たきぎ》でも足そうとしたそのときだ。葉がこすれる音がして、咄嗟に振り向いた。

そこに一人の男が立っていた。

一体何者だと賢飛は身構えた。この山は自分の持ち物なので、他のキャンプ客が入ることはない。

ただその顔に見覚えがある。

「やっと見つけたぞ。今田賢飛」

思い出した。大石勇作の息子、大石雅敏だ。

だがあきらかに様子がおかしい。髪や髭は伸び放題で手入れをまったくしていない。目つきがとろんとしていて、石でも埋められたかのように虚ろだ。麻薬でもやっているのか。

確か雅敏は、一成銀行のどこかの子会社に入っていたはずだ。

「おいおい、どったの。ラリってんのか」

賢飛はゆっくりと腰を上げ、警戒の度合いを上げる。

「なんだとてめえ、俺の、俺の人生を無茶苦茶にしやがったくせに」

雅敏が怒気を剝き出しにする。まるで野犬だ。

「言いがかりはよせよ。おまえが無能だったからだろ」

「金を稼げることがそんなに偉いのか！　おまえも、親父も！」

その叫び声が山に響き渡る。なるほど。賢飛と父親への恨みがふくらみ続け、それが暴発したのだ。

「俺は仲間と競争してんだよ」

「競争？　なんのだ」

「どちらがおまえを先に殺せるかだよ」

雅敏がナイフを取り出した。刃先が鈍い光を放っている。

「あの大石勇作の息子が殺人犯になるのかよ。笑えねえな」

賢飛は後ずさる。雅敏が不気味に笑った。

「親父への最高の嫌がらせになる」

こいつ、いかれてやがる……賢飛は全身が震えた。こっちは武器らしきものは何もない。丸腰で切り抜けられるのか。

じりじりと雅敏がにじり寄り、賢飛は鼓動が速くなった。冷たい汗が、毛穴という毛穴からふき出してくる。あんな鋭利なナイフに刺されたらひとたまりもない。

雅敏の目がぎらりと光ったそのとき――。

「賢飛さん！」

大輔だった。大輔が、なぜかここにいる。

「関大輔！」

「雅敏……なぜおまえが」

大輔がそう口にして目を見開いている。

「日比の共犯者はおまえなのか」

「俺のどこが可哀想なんだ！」

「何？　どういう意味だ？」

「おまえも一緒に殺してやる」

雅敏がナイフを大輔に向ける。そこで賢飛は気づいた。大輔の右腕はだらりとしたままで、力が入っていない。怪我をしているのだ。

「逃げろ、大輔！　こいつの狙いは俺だ！」

賢飛は叫んだ。嫌な予感が全身を貫き、封じ込めていた記憶の蓋を開く。どす黒いもやが薄れると、そこには雪で白くなった弓弦が横たわっていた。

大輔が、大輔までもが亡くなったら……俺は二人も弟を失うことになる。

そのときだ。何かが空を飛んできた。鳥……ではない。機械、ドローンだ。ただ、普通のドローンではない。何か棒のようなものがぶら下がっている。

よく見ると、それは棒ではない。竹刀だ。剣道の竹刀がぶら下がっているのだ。

賢飛はそのドローンの操縦者の狙いに気づいた。ドローンに向かって走り出すと、ドローンが竹刀を落とした。

賢飛はそれを拾い上げ、一直線に雅敏に向かった。雅敏がそれに気づき、賢飛の方に向き直る。

——遅い。

軽く息を吐いて、賢飛は腹に力を込めた。狙いを定め、竹刀を振り下ろす。

「ぐっ」

雅敏がうめき声を上げ、ナイフを落とした。小手打ちだ。距離の有利を取り、武器を取り上げるには最適な技だ。

返す刀で胴を払うと、雅敏が崩れ落ちた。防具をつけていない腹に強烈な一撃を放ったのだ。さらに首筋に叩き込む。これで雅敏は起き上がることができないだろう。

大輔が、ほっとしたように眉を開いた。

「さすが絶品の抜き胴ですね」

賢飛は笑う。

「神崎師範直伝だからな」

そして竹刀を掲げて言った。

「こんなものを持ってきたのか？」

「たぶん修一です。さっき俺にとっておきを用意したって言ってたから。機転を利かせてドローンで運んでくれたんでしょう。ドローンの操縦は龍太郎さんです」

「なるほどな」

頷くと、何人もの人間があらわれた。修一、千奈美、十一、龍太郎、時子だ。そしてもう一人が賢飛に抱きついてきた。

「賢兄ちゃん、賢兄ちゃん！　よかった」

凜だ。凜が人目をはばからず泣いている。

「おい、凜。賢兄ちゃんはやめろ。みんなの前だ」

賢飛は咎めたが、大輔が頬を緩めて口を挟んだ。

「許してあげてください。ずっと賢飛さんのこと心配してたんですから」

「そうか……」

全員が駆けつけてきてくれたのも凜のおかげだろう。妹に命を救われたみたいだ。

胸の中でうずくまる凜の頭を、賢飛は優しく撫でた。

そういえば凜の頭を撫でてやるなんてことなかったな……賢飛は力を抜き、息を吸った。凜の匂いと山の空気が、肺に沁み込んでいった。

十一と修一が雅敏を拘束する。雅敏はぐったりとして、観念しているようだ。

大輔が事情を説明して、賢飛はすべてを理解した。改めて礼を言う。

「みんな、ありがとう」

大輔が首を横に振る。

「礼なんていりません。ここにいるみんなは、あなたに恩があったんですから」

全員がいっせいに頷く。賢飛からすれば金になるから投資しただけだが、結果、自分を助けてくれた形になった。

大輔が切り出した。

「賢飛さん、俺わからなくなりました」

その台詞に反して、やけにすっきりした表情をしている。

「何がだ？」

「賢飛さんと別れたとき、俺はお金なんて必要じゃないと思いました」

「……そうか」

「でも今ここにいるみんなは賢飛さんが与えてくれたお金で、夢や希望を現実のものにした」

「ほんまじゃ、みんな暇で金があるけぇ、急に呼ばれても駆けつけてこれたんじゃからな。賢飛さんが出資せんかったら、今ごろ賢飛さんは死んどるけぇ」

千奈美が明るく言うと、賢飛は思わずふき出した。

「ほんとだな」

笑いながら大輔が続ける。

「お金ってなんなんだろう？　俺、それをもっと知りたくなりました。だから賢飛さん、助けたお礼と言っちゃなんですが、一つお願いを聞いてもらっていいですか？」

「……なんだ」

「俺、ベンチャーキャピタリストを続けたいです。独立系のキャピタリストとして。その許可をください」

賢飛は大輔を直視した。その目は輝き、希望に満ちている。こういう目をした人間は必ず成功する。長年の経験からそれはわかる。瞳にこの光を宿す若者を見抜き、賢飛は投資をし続けてきた。それが投資する判断の最大のものだった。そしてかつての自分も、こんな目をしていたのだろう……。

「いいだろう。好きにしろ」

元々大輔が金融関係の仕事をしても、賢飛は妨害する気など毛頭なかった。

「ありがとうございます」

大輔は頭を下げた。

そして大輔の目を見たことで、賢飛は覚悟が決まった。空を見上げてつぶやいた。

「そうだよな、弓弦……こんな兄ちゃん嫌だよな」

「どうしたんですか、賢飛さん？」

きょとんと大輔が尋ねると、賢飛はすぐに返した。

「大輔、俺からも一つ頼みがある」

大輔が緊張した面持ちになる。

「なんですか？」

賢飛は笑顔で言った。

「おまえの初心に一つ追加させてくれ」

6

大輔は渋谷のハチ公前にいた。

銀色のヒップバーに座り、スターバックスのコーヒーを呑む。スクランブル交差点を行き交う人々はみんな忙しそうだ。

ずっとこの光景が目になじまなかったが、今では日常となっている。渋谷が自分の街となった証拠だろう。母親を熊野から東京に呼び寄せてからは、余計にその気持ちが強くなった。

モニターではニュースが流れている。一成キャピタルの今田賢飛の犯罪について報じている。

あの襲撃事件のあと、賢飛は警察に自首したのだ。ベンチャーの風雲児の突然の告白に、世間は震撼《しんかん》した。大石勇作が犯罪行為に関わっていることも判明し、その手が政界や警察、さらには司直にまで及んでいることが発覚した。日本中が大混乱に陥っている。

賢飛の豪奢《ごうしゃ》な生活ぶりや、拝金主義の思想も格好の非難の的になった。そこから将来性ばかり注目されて赤字を垂れ流し続けるベンチャー企業、大風呂敷を広げて実現不可能なことばかり口にして資金を集める起業家、自分達が儲かるばかりで一向に雇用を産み出さず、貧富の格差を広げているグローバル企業なども非難を浴びた。

お金で幸せは得られるのか？　賢飛の一件で、人々はよりその問いを自らに投げかけるようになった。

「お待たせ」

凜が来た。今日はいつものスーツ姿ではなく、私服だ。だがいつものその美しさで、腰がへなへなになる。

「さあ、今日はどんないい店連れて行ってくれるのかしら」

「最高の焼き肉屋ですよ」

「焼き肉？　いいわね。行きましょ」

凛が笑顔になると、大輔の手を繋いでくる。心臓がドキドキするのを堪えながら、大輔は頭上のモニターを見た。まだ賢飛が映っている。

最後に賢飛が言った、大輔の初心に一つ追加をしてくれというのは、凛のことだった。賢飛は、大輔に凛を託したのだ。

洋輔、しずく、そして凛を守る。それが大輔の初心となった。

必ず守ります、賢飛さん……。

そう心の中でつぶやき、大輔は凛と共に歩き出した。

エピローグ

野山祐太朗《のやまゆうたろう》は緊張の中にいた。

目の前には巨大なビルがある。ここが『KUMANOキャピタル』の本社だ。

祐太朗は大学生だが、ある一つのビジネスのアイデアを思いついた。

それは老人の話し相手を探すサービスだ。祐太朗は爺ちゃん子で、よく祖父の話し相手になっていた。老人とは常日頃誰かと会話したいものだ、と祐太朗は肌でわかっていた。

爺ちゃんには祐太朗がいたが、側に誰もいない孤独な老人は多いはずだ。そんな老人のために話し相手を探すマッチングサービスを提供したい。老人でも簡単に扱えるアプリを開発するのだ。

ただ、アイデアはあるものの、それを実現するお金がない。

そこでベンチャーキャピタルという存在を知った。このKUMANOキャピタルは、その世界で注目されているらしい。

勇気を出して手紙を送ってみたら、面会の約束がとれた。しかも社長の関大輔本人が面談するという。まさか社長が直々に会ってくれるとは思わなかった。

役場に勤めるおじに手伝ってもらい、何日もかけて事業計画書は書いたが、本当にこれでいけるのかどうか不安でならない。

エレベーターでKUMANOキャピタルのあるフロアに降りると、

「野山祐太朗さん？」

声をかけられ、祐太朗は虚を突かれた。そこにすらりと背の高い美女がいたからだ。

「はっ、はい、そうです」

彼女が爽やかな笑顔を浮かべる。

「私、関凜です。よろしくお願いね」

「よっ、よろしくお願いします」

緊張と動揺で声がひっくり返る。もしかすると、社長の奥さんなのだろうか。気になるがそんなことは聞けない。

「あっ、あの。社長さんってこんなに簡単に僕のような人間と会っていただけるんですか？」

別の方の疑問を投げる。すると凜が苦笑する。

「まあ誰もってわけにはいかないわね。そんなことしたら時間がいくらあっても足りないから」

「では、なぜ……」

「手紙。関があなたの手紙を気に入ったの。今の若い子でそんなことをする人は珍しいって言ってね」

「そうなんですか……」

本当に大事なことは手書きの手紙じゃないとダメだ。そう爺ちゃんが教えてくれたが、その助言は大当たりだった。東京土産を買って帰ろう。

オフィスに入ると、中はとんでもなく広い。大勢の人が忙しそうに働いていた。ガラス張りの部屋で誰かが会議をしている。その人物を見て、祐太朗は声を吞み込んだ。

そこに高橋修一と高橋千奈美がいたからだ。有名な夫婦起業家で、祐太朗も知っていた。日本のネット業界を席巻している二人だ。

「ここって、高橋さんもおられるんですか？」

「ええ、高橋ご夫妻は社長の友人で、オフィスを共同で使っているの」

「これだけ大きな企業でオフィスが共同って珍しいですね」

「なるべく三人一緒にいたいんだって。子供みたいでしょ」

凜がおかしそうに説明する。

凜に促されて一番奥の部屋に入ると、社長の関大輔がいた。日に焼け、精悍《せいかん》な顔立ちをしている。その風格に祐太朗はたじろいだ。これがリーダーというものなのだろうか。強烈な圧力を感じる。

「はっ、はじめまして。のっ、野山祐太朗です」

緊張で笛を吹いたような声になる。

「ＫＵＭＡＮＯキャピタルの関大輔です」

大輔が立ち上がって手を差し出してきたので、祐太朗は慌てて手を出した。思ったよりもゴツゴツとして硬い手だ。

「硬いだろ。昔剣道をやっていたのと建設現場で働いていた名残でね」

大輔が白い歯を見せ、祐太朗も少し緊張がほぐれた。

「ビジネスのアイデアがあるって聞いたけど」

「はい。じっ、事業計画書を持ってきました」

祐太朗がかばんからファイルを取り出そうとすると、大輔が止めた。

「そんなのいらないよ」

「えっ、でも……」

戸惑う祐太朗の目を、大輔がじっと見つめる。その吸い込まれるような瞳に、祐太朗は息を詰めた。まるで自分のすべてを見透かしているようだ。ただ、そこに嫌悪感は微塵もない。その視線に何もかも委《ゆだ》ねたくなる。

やがて大輔が頬を緩めた。

「わかった。君に出資するよ」

どういうことだ。事業計画書どころか、ビジネスプランも話していないのに……。

大輔が熱のある声で言った。

「さあ、一緒に夢を摑もうか」

なんてまっすぐで、なんて胸が高鳴る言葉なんだ。わからない。まだ何もわからないけど、この人が一緒に歩んでくれるのならば、きっと凄いことが起こる予感がする。高く、高く、どこまでも飛べる気がする……。

「はい！」

祐太朗は元気よく返事をした。

本書は書き下ろしです。
（企画協力・森久祐弥）

浜口倫太郎《はまぐち・りんたろう》
一九七九年奈良県生まれ。放送作家を経て、二〇一一年『アゲイン』で第五回ポプラ社小説大賞特別賞を受賞しデビュー。著書に『廃校先生』『22年目の告白ー私が殺人犯ですー』『AI崩壊』『お父さんはユーチューバー』『ワラグル』など。

闘資《とうし》

二〇二一年一一月二一日　第一刷発行

著者　浜口倫太郎
発行者　箕浦克史
発行所　株式会社双葉社
〒162－8540
東京都新宿区東五軒町3－28
電話　03－5261－4818（営業部）
　　　03－5261－4831（編集部）
http://www.futabasha.co.jp/
（双葉社の書籍・コミック・ムックが買えます）
印刷所　大日本印刷株式会社
製本所　株式会社若林製本工場
カバー印刷　株式会社大熊整美堂
DTP　株式会社ビーワークス

ISBN978-4-575-24465-6 C0093